書下ろし

蔵法師

素浪人稼業

藤井邦夫

祥伝社文庫

目次

第一話　駕籠舁《かごかき》

一

朝、神田明神下《かんだみようじんした》お地蔵長屋の井戸端は、朝飯の仕度《したく》を急ぐおかみさんたちで賑《にぎ》わっていた。

浪人・矢吹平八郎《やぶきへいはちろう》は、外の賑わいが終わるのを待って井戸端に出た。そして、顔を洗って歯を磨き、朝飯抜きで着替えをすませた。

お地蔵長屋の木戸口には、長屋の名の謂《いわ》れになった古い地蔵がある。平八郎は、その地蔵に手を合わせ、光り輝く頭をひと撫《な》ぜして口入屋『萬屋《よろずや》』に急いだ。

今日、仕事にありつけなければ、三日続けての無収入だ。懐には僅《わず》かな文銭があるだけだ。

平八郎は焦《あせ》っていた。

神田明神下の通りは、仕事に行く人々が忙《せわ》しく往来している。

口入屋『萬屋』は、その日の日雇い仕事の周旋《しゆうせん》も終わったのか、すでに人気《ひとけ》はなかった。

遅かったか……。

平八郎は肩を落とし、『萬屋』の店の中を覗《のぞ》いた。

「平八郎さん」

『萬屋』の主の万吉《まんきち》が、店の中から平八郎を呼んだ。

仕事にありつける……。

「やあ……」

平八郎は、仕事に餓《う》えているのを見透かされないように『萬屋』の暖簾《のれん》を潜《くぐ》った。

「お待ちしていましたよ」

万吉は、笑みを浮かべて平八郎を迎えた。いつも仏頂面《ぶっちょうづら》をしている万吉には珍しい笑顔だった。

「仕事、あるのか」

「ええ。急に入りましてね。やりますか」

万吉は、どんな仕事かも説明せず、やるかやらぬかを尋《たず》ねてきた。

「そりゃあまあ、やるつもりだが。どんな仕事だ」

「駕籠舁《かごかき》の後棒の太助《たすけ》が風邪をひいちまってね。その代役ですよ」

「って事は駕籠舁か」

「ええ。太助、もう三日も休んでいて、先棒の寅吉《とらきち》が困っていましてね。どうです。

やりますか」

「う、うん……」

仕事がそれしかないとなれば、やるしかない。

「で、給金は幾《いく》ら貰えるのだ」

「それが、酒手《さかて》は先棒後棒で折半《せっぱん》だそうでしてね。良い客が乗れば、かなりなもんだそうでして。その日の働き次第ですよ」

万吉は狸面《たぬきづら》で笑った。

「かなりなもんか……」

平八郎は釣られて笑った。

「じゃあ決まった」

万吉は頷《うなず》いた。


湯島天神《ゆしまてんじん》は参拝客で賑わっていた。

幾つかの辻駕籠が、鳥居の傍《そば》の立場《たてば》で客を待っていた。

平八郎は股引《ももひき》に半纏《はんてん》、そして手甲脚絆《てっこうきゃはん》に頬被りをして先棒の寅吉と客待ちをしていた。だが、客はなかなか現れなかった。

客を待って半刻（一時間）が過ぎた頃、藤色の頭巾《ずきん》を被った武家女が境内《けいだい》から出て来た。

「駕籠屋さん、市ヶ谷《いちがや》まで行っていただけますか」

「へい。どうぞ」

寅吉は、辻駕籠に武家女を乗せ、履物を片付けて垂《たれ》を下ろした。

「行くぜ。平さん」

「合点だ」

平八郎は威勢良く返事をし、寅吉と息を合わせて駕籠を担ぎ、神田川《かんだがわ》に向かった。

神田川の流れは日差しに煌《きら》めいていた。

市ヶ谷に行くには、神田川から外濠《そとぼり》沿いを南西に進めばいい。

平八郎は駕籠の重さを全身に受け、寅吉とともに市ヶ谷に進んだ。

お茶《ちゃ》の水《みず》の掛樋《かけどい》を左手に見て水道橋《すいどうばし》の前を過ぎた時、平八郎は不意に背中に何者かの視線を感じた。

何だ……。

平八郎は戸惑った。だが、視線は振り返る前に消えた。

気のせいか……。

平八郎は、威勢良く進む寅吉に息を合わせるのに集中した。

小石川《こいしかわ》御門前を過ぎ、牛込《うしごめ》御門前・神楽坂《かぐらざか》に差し掛かった頃、平八郎は再び背中に何者かの視線を感じた。

また、気のせいか……。

平八郎は背後を窺《うかが》った。

視線の端に笠を被った武士の姿が入った。

背中に感じる視線は、その笠を被った武士のものだった。

笠を被った武士が尾行して来るのか、たまたま同じ方向に行くのか……。

平八郎はまた背後を窺った。

笠を被った武士は、平八郎たちと一定の距離を保って来る。

歩調を合わせている……。

平八郎は、笠を被った武士が自分たちを尾行しているのを確信した。

「駕籠屋さん、今はどの辺《あた》りですか」

駕籠の中から武家女が尋ねてきた。

「はい。牛込御門前を過ぎて船河原町《ふなが わらまち》に入った辺りです」

寅吉は答えた。

「では、浄瑠璃坂《じようるりざか》をあがって下さい」

「合点だ。平さん、浄瑠璃坂をあがるぜ」

寅吉が威勢良く指示した。

「承知した」

平八郎は寅吉に返事をし、背後を窺った。

笠を被った武士は、相変わらず近づきもせず離れもせずに尾行《つけ》て来ている。

平八郎に尾行される覚えはない。おそらく寅吉にもないはずだ。

笠を被った武士は、駕籠に乗っている武家女を尾行ているのだ。

何故だ……。

平八郎は思いを巡らせた。

寅吉と平八郎の駕籠は、船河原町を過ぎて市ヶ谷田町《たまち》の連《つら》なりに入った。そして、田町上二丁目の角を曲がり、登り一丁幅三間の浄瑠璃坂をあがった。浄瑠璃坂の左手には紀州《きしゆう》藩の付家老の水野《みずの》土佐守《とさのかみ》の江戸屋敷があり、右手には旗本屋敷が甍《いらか》を連ねている。

寅吉と平八郎は、息を合わせて浄瑠璃坂をあがった。

「駕籠屋さん、坂をあがったら長延寺《ちょうえんじ》の方に行って下さい」

武家女は、駕籠が浄瑠璃坂をあがったのを見計らって声を掛けてきた。

「へい」

寅吉は息を弾ませた。

「平さん、聞いての通りだ」

「うん」

寅吉と平八郎は、浄瑠璃坂をあがって左手に曲がった。そこには長延寺の門前町があった。

「駕籠屋さん。ここで降ります」

「はい」

寅吉と平八郎は、道の端に息を合わせて駕籠を下ろした。寅吉が駕籠の垂を上げ、武家女の履物を揃えた。平八郎は、背後から来るはずの笠を被った武士を窺った。笠を被った武士は姿を隠すように物陰に佇《たたず》んでいた。

「ご苦労さまでした」

武家女は寅吉に酒手を渡し、長延寺の門を潜《くぐ》って境内に入って行った。

物陰に佇んでいた笠を被った武士が、武家女を追って長延寺の境内に向かった。

「寅さん、ちょいと厠《かわや》に行ってくるよ」

「ああ。一休みだ。ゆっくり行ってきな」

平八郎は、長延寺の境内に急いだ。


長延寺の境内には参拝客も少なく、静けさに包まれていた。

藤色の頭巾を被った武家女は、長延寺の境内を抜けて本堂の裏手に入った。

笠を被った武士は足早に続いた。

武家女は尾行に気付いていた……。

平八郎はそう睨《にら》んだ。

だとしたら……。

平八郎は息杖を握って追った。そして、本堂の裏手に駆け込んだ。

笠を被った武士が、抜いた刀を握り締めて倒れていた。

平八郎は笠を被った武士に駆け寄り、様子を見た。

笠を被った武士は絶命していた。

平八郎は、辺りに武家女の姿を探した。だが、武家女の姿はなく、左内坂町《さないさかまち》に抜ける裏門が開いているだけだった。

平八郎は裏門に走り、外の往来に武家女の姿を探した。往来を行き交う人のなかに武家女はいなかった。

藤色の頭巾を被った武家女は、笠を被った武士を誘い出して殺した……。

平八郎の直感が囁《ささや》いた。

笠を被った武士は、着物の上から心の臓を一突きにされて殺されていた。見事な一突きだった。

平八郎は、長延寺の寺男に報せた。寺男は住職に報せた。寺や神社は、寺社奉行の支配下にある。だが、住職は寺男に自身番に報せるように命じた。

寺社奉行は大名であり、人殺しを探索する能力はなく、町奉行所に依頼するのが普通だった。住職は、自身番から駆け付けて来た店番に寺社奉行と町奉行所への連絡を頼んだ。

長延寺の静けさは破られた。

境内に野次馬が集まり始めた。

平八郎は、長延寺の門前に戻った。

「平さん……」

寅吉が、駕籠に隠居風の老爺を乗せて待っていた。今は事件に関わるより、晩飯代を稼ぐ事が先だ。

「遅くなってすまん」

「神田の三河町《みかわちょう》だぜ」

「合点だ」

平八郎は返事をし、寅吉と息を合わせて隠居を乗せた駕籠を担いだ。

「侍が殺されたんだって……」

寅吉は息を弾ませた。

「ああ……」

寅吉と平八郎は、定火消《じょうびけし》の本多《ほんだ》屋敷の傍らを抜けてヘッツイ横丁から神田川沿いに出た。そして来た道を戻り、神田三河町に向かった。

笠を被った武士は、どうして武家女を尾行したのか……。

武家女は、どうして笠を被った武士を殺したのか……。

武家女と笠を被った武士は、どのような関わりがあるのか……。

平八郎に様々な疑問が湧いた。

平八郎は働いた。

申《さる》の刻七つ半（午後五時）。

寅吉は仕事を切り上げた。

駕籠を担いで江戸中を歩き廻った平八郎の脚《あし》はむくみ、肩は腫《は》れ上がっていた。

寅吉は、稼いだ酒手の半分を平八郎にくれた。

「今日は助かったぜ。平さん」

「役に立って何よりだ」

「やっとうで鍛えているだけあって、大したもんだよ」

寅吉は礼を云《い》い、平八郎の体力に感心した。

「いや。流石《さすが》に堪《こた》えた。駕籠舁は大変な仕事だな」

「その気になれば、いつでも親方に口を利くよ」

「うん。その時はよろしく頼む」

平八郎は半纏と股引を脱ぎ、水を被って着替えた。


夕暮れ時の町には、仕事帰りの男たちが行き交い始めた。

平八郎は、神田明神門前町の居酒屋『花《はな》や』の暖簾を潜った。

「いらっしゃい」

女将《おかみ》のおりんが迎えた。

「おりん、酒と肴《さかな》は腹にたまる物がいいな」

「はいはい」

おりんは苦笑して板場に入り、父親で板前の貞吉《さだきち》に平八郎の注文を伝えた。

「口開けのお客が平八郎さんとはな。おりん、今夜は余り儲《もう》からないぞ」

貞吉は、笑い混じりに平八郎をからかった。

平八郎は苦笑した。

「おまちどお……」

おりんが平八郎に猪口《ちょこ》を渡し、銚子《ちょうし》の酒を満たした。

「かたじけない」

平八郎は、猪口の酒を飲み干した。

「美味《うま》い……」

「久し振りね」

「ああ。ちょいと忙しかったんでな」

平八郎は見栄《みえ》を張った。

「あら、そう……」

おりんは怪訝《けげん》な面持ちで首を捻《ひね》った。

「平八郎さん、鯉《こい》の煮物だ」

貞吉が、鯉の煮物を持って来てくれた。

「父《と》っつあん、こいつは美味そうだ」

平八郎は鯉の煮物を食べ、酒を飲んだ。

四半刻が過ぎ、仕事帰りの職人やお店者《たなもの》が入って来た。居酒屋『花や』は、夜が更けるとともに賑やかに盛りあがっていく。

平八郎は、酒を飲みながら昼間の出来事を思い出してみた。

殺された笠を被った武士の身許は分かったのだろうか……。

平八郎の前に若旦那風の若い男が座った。

「やあ……」

平八郎は若い男を見て笑った。岡っ引の駒形《こまがた》の伊佐吉《いさきち》であり、平八郎と何度も事件を追った仲であった。

「やっぱりここでしたかい」

伊佐吉は、探し廻った事をにおわせた。

「ま、一杯どうだい」

平八郎は、伊佐吉に酒を勧めた。

「いただきます」

伊佐吉は、猪口の酒を飲み干した。

「今朝方、市ヶ谷の長延寺でお侍が刺し殺されましてね」

伊佐吉は話し始めた。

「それで高村《たかむら》の旦那が出張《でば》ったので、お供をしたんですが。死体を見つけた駕籠舁がいなくなりましてね。寺男に訊《き》くと、その駕籠舁、髷《まげ》は頬被りで隠していたが、どうも侍のようだったといいましてね」

「それで私の処《ところ》に来たか……」

「ひょっとしたらと思いましてね」

伊佐吉は笑った。

「流石は駒形の伊佐吉親分だ。いい勘しているよ」

平八郎は苦笑した。

「三日ぶりにありついた仕事でな。放り出すわけにはいかなかった」

「それはそれは……」

伊佐吉は、おりんに酒と肴を頼んだ。

「それで、仏さんを見つけた時の詳しい様子を教えていただけますか」

伊佐吉は、平八郎の猪口に酒を満たした。

「そいつは勿論《もちろん》だが。仏さんの身許、分かったのか」

「五千石の旗本、土屋采女正《つちやうねめのしょう》さま御家中の中村寛十郎《なかむらかんじゅうろう》って方でしたよ」

「大身旗本の家来か……」

「ええ」

「実はな親分……」

平八郎は、湯島天神前で武家女を駕籠に乗せて市ヶ谷に向かい、その後を中村寛十郎が尾行して来た事。そして、武家女が市ヶ谷の長延寺に入り、中村が追って行って殺された事などを告げた。

「藤色の頭巾を被った武家の女ですか……」

伊佐吉は身を乗り出した。

「手を下したのはその武家女か。それとも武家女と待ち合わせをしていた誰か……」

平八郎はありえそうな事を探った。

「武家の女が、何処《どこ》の誰かですね」

「うん」

「平八郎さん、明日からちょいとお手伝い願いますよ」

「手伝い……」

「ええ。一日一分で如何《いかが》ですか」

伊佐吉は、浅草《あさくさ》駒形町の『駒形鰻《うなぎ》』という老舗《しにせ》鰻屋の若旦那であり、金には困らない立場だった。

「ありがたい」

平八郎は喜び、張り切った。

居酒屋『花や』の夜は、貞吉の予想とは違って賑やかに盛り上がっていった。

二

湯島天神門前町の朝は、夜の賑わいの残滓《ざんし》が漂っていた。

立場で客を待っている辻駕籠の駕籠舁の中には、寅吉と太助もいた。どうやら太助の風邪も治ったようだ。

平八郎は、伊佐吉や下っ引きの亀吉《かめきち》と鳥居近くの立場で落ち合った。

「藤色の頭巾を被った武家の女、ここで乗せたんですね」

「うん」

平八郎は、伊佐吉の問いに頷いた。

「武家の女、どっちから来ましたかね」

「確か……」

平八郎は首を捻った。

「昨日の頭巾の女なら、湯島天神の境内から出て来たよ」

首を捻る平八郎を見かね、駕籠舁の寅吉が答えた。

「境内からか……」

「ああ。だから、あっしはお参り帰りの客だと思ったんだが……」

寅吉は告げた。

「そして、駕籠に乗って市ヶ谷に向かった」

「うん」

「平八郎さん、中村寛十郎はここから尾行たんですかね」

「誰かが尾行ていると気がついたのは水道橋辺りだが、確かめたのは神楽坂を過ぎた頃だ。おそらく、女が駕籠に乗る前から尾行ていたんじゃあないのかな」

平八郎は己《おのれ》の睨みを告げた。

「よし、先《ま》ずはそいつを確かめよう。亀吉、昨日の昼前、境内で藤色の頭巾を被った武家女と笠を被った侍を見た者を探すんだ」

「はい」

伊佐吉と亀吉、そして平八郎は、湯島天神境内の茶店や土産《みやげ》物屋に聞き込みを掛けた。

藤色の頭巾の武家女と笠を被った武士は、睨みどおり湯島天神の境内で見掛けられていた。笠を被った武士の尾行は、藤色の頭巾の武家女が平八郎たちの駕籠に乗る前から始められていたのだ。

「親分、旗本の土屋采女正の屋敷は何処だ」

「下谷御数奇屋町《したやおすきやまち》です」

下谷御数奇屋町は、不忍池《しのばずのいけ》傍の池之端《いけのはた》の隣り町であり、湯島天神の裏手の方向になる。

「だとしたら、こいつは土屋屋敷からの尾行かもしれないな」

「きっとそうでしょう」

伊佐吉は頷いた。

「土屋采女正か……」

「行ってみますか」

「うん」

「亀吉、藤色の頭巾の武家女が現れるかも知れない。ここに残っていろ」

伊佐吉は、亀吉を湯島天神境内に残し、平八郎と女坂を下りた。

不忍池からの風は、下谷御数奇屋町にまで吹き抜けていた。

伊佐吉と平八郎は、湯島天神裏門坂道から土屋屋敷に向かった。

土屋屋敷は、五千石の大身旗本の屋敷らしく重々しい門構えだった。

「中村寛十郎がこの屋敷にいたのなら……」

平八郎は、閉じられている表門を見上げた。

「いたらどうなるんです」

伊佐吉は、怪訝な眼差《まなざ》しを平八郎に向けた。

「尾行られた武家の女は、何処にいたのかな」

「何処って……」

伊佐吉は首をかしげた。

「昨日、武家女を駕籠に乗せたのは、辰《たつ》の刻五つ半（午前九時）過ぎだ。中村はその前から武家女を尾行て湯島天神に来たはずだが……」

平八郎は、昨日の中村寛十郎の動きを読んでみた。だが、何故かすっきりと腑《ふ》に落ちなかった。

「それとも昨日の朝、中村がたまたま湯島天神に来て、武家の女を見掛け、後を尾行たってのはどうです」

伊佐吉も自分の睨みを述べた。

「たまたまだとすると、市ヶ谷の長延寺で中村寛十郎を刺し殺したのは、武家の女って事になるかな」

「たまたま尾行た先に、たまたま男が待っていたってのはどうですか」

「いや。私の見たところ、武家の女は尾行られているのに気がついていたはずだ」

「男の待っているところにわざわざ連れて行きはしませんか……」

「だと思うが……」

平八郎と伊佐吉は、さまざまな場合を想定し、武家女の正体を探り出そうとした。

土屋屋敷の潜り戸が開いた。

平八郎と伊佐吉は素早く物陰に潜《ひそ》んだ。

巻羽織を着た町方同心が、土屋家の家来に見送られて潜り戸から出て来た。南町《みなみまち》奉行所定町廻り同心の高村源吾《げんご》だった。

「高村さんだ」

「ええ。土屋家から横槍が入ったのかも知れません」

旗本の支配は目付・評定所であり、町奉行所には支配権や探索権はない。土屋家はそれを盾に南町奉行所に探索の中止を要求してきたのかも知れない。

高村は家来と挨拶《あいさつ》を交わし、平八郎と伊佐吉を一瞥《いちべつ》して不忍池に向かった。

平八郎と伊佐吉は追った。

不忍池には水鳥が遊び、人々が散策していた。

高村は畔《ほとり》の茶店に入り、縁台に腰掛けて茶を頼んだ。

平八郎と伊佐吉がやって来た。

「やあ……」

高村は笑顔で二人を迎えた。

「旦那、土屋家が横槍を入れてきたんですかい」

伊佐吉は眉をひそめた。

「まあな」

高村は苦笑し、茶の追加を頼んだ。

「で、どうなりました」

「なあに心配はいらねえ。こっちは寺社方から頼まれての探索だ。文句があるなら寺社奉行に云ってくれだ」

高村は、美味そうに茶を飲んだ。

「そうでしたか……」

伊佐吉は安心したように茶を啜《すす》った。

「それより親分。駕籠舁、やっぱり平八郎さんだったのかい」

高村は笑った。

「はい。晩飯代を稼ぐのに忙しかったそうですよ」

「お恥ずかしい」

平八郎は苦笑した。

「それで、土屋家に何かありそうですか」

平八郎は高村を窺った。

「俺が逢ったのは田辺平左衛門《たなべへいざえもん》って用人《ようにん》だが、何か隠していやがる」

高村は嘲《あざけ》りを浮かべた。

「隠している……」

「ああ。俺たちの探索に脅《おび》えているっていった方がいいかな」

「なるほど、脅えていましたか」

平八郎は頷いた。

「少なくとも俺にはそう見えたぜ」

「じゃあ、張り付いてみますか」

伊佐吉は身を乗り出した。

「うん。俺は土屋家の内情を調べてみる」

「分かりました。じゃあ、平八郎さんは長《ちょう》さんと一緒に中村寛十郎が尾行た武家の女を探して下さい。あっしは亀吉と土屋屋敷を見張ります」

三人はそれぞれの役目を決めた。

水鳥が羽音を鳴らして不忍池から飛び立った。


市ヶ谷・長延寺境内は、午後になって参拝客で賑わった。

平八郎と下っ引の長次《ちょうじ》は、門前町の茶店で落ち合った。

長次は、駒形の伊佐吉の父親の代からの下っ引で老練な男だった。

「やあ、長次さん。お待たせしました」

平八郎は、縁台に腰掛けて茶を啜っていた長次に挨拶をした。

「いいえ。あっしも今きたばかりです」

長次は笑い、腰掛から立ちあがった。

「それなら良いが……」

「殺された仏を見つけたそうですね」

平八郎と長次は長延寺の境内に入り、本堂の裏手に向かった。

「ええ。実は日雇い仕事で駕籠舁をしていましてね……」

平八郎は、中村寛十郎の死体を発見した経緯を説明した。


本堂の裏手は庭の外れの雑木林と面しており、小道は左内坂町に抜ける裏門に続いていた。

「じゃあ、平八郎さんの睨みじゃあ、藤色の頭巾を被ったお武家の女が、後を尾行て来たお侍をここに誘《おび》き出して、心の臓を一突きにしたってんですか……」

「そして、この裏門から左内坂町に逃げた」

平八郎と長次は、長延寺の裏門を出て左内坂町に出た。

左内坂町は、長延寺と左内坂との間にある小さな町だ。そして、尾張《おわり》藩江戸上屋敷や旗本屋敷、寺に囲まれていた。

左内坂は、幅三間、登り一丁余りの坂道であり、その名は切り拓《ひら》いた名主の島田《しまだ》左内から付けられていた。

藤色の頭巾の女は、長延寺の裏門を出てから何処に行ったのか……。

平八郎と長次は、聞き込みを開始した。


下谷御数奇屋町の土屋屋敷は、表門を閉めて静まり返っていた。

伊佐吉と亀吉は、土屋屋敷の斜《はす》向かいの旗本屋敷の中間頭《ちゆうげんがしら》に金を握らせ、中間長屋の空き部屋を借りて見張り場所にした。中間長屋は長屋門内にあり、武者窓から土屋屋敷の表が見通せた。

「親分……」

武者窓を覗いていた亀吉が、伊佐吉を呼んだ。

「家来たちが出掛けますよ」

笠を被った三人の武士が、潜り戸から出て来て湯島天神に向かった。

「どうします」

「追ってみる。お前はこのまま見張っていてくれ」

伊佐吉は素早く中間部屋を出た。


笠を被った三人の家来は、湯島天神裏の切り通しを抜けて西に向かった。そして、神田川沿いの道に出て市ヶ谷に進んだ。

伊佐吉は慎重に尾行た。


南町奉行所の庭は午後の日差しに溢《あふ》れていた。

高村源吾が濡縁に現れ、用部屋の前に跪《ひざまず》いた。

「只今、戻りました」

「入るが良い」

吟味与力の結城《ゆうき》半蔵《はんぞう》は、読んでいた書類を脇に置いた。

「はい」

高村は用部屋に入り、半蔵の前で姿勢を正した。

「ご苦労だった。で、土屋家は何と申した」

「用人の田辺平左衛門、寺社方の依頼での探索だと告げたところ、黙り込んでしまいました」

「そうか……」

「結城さま、土屋家はいずれ寺社奉行に献上品でも渡して話をつけます。何としてでもその前に事の真相を摑《つか》まねばなりません」

高村は意気込んだ。

「高村、土屋家主の采女正さまは、半年前に書院番頭のお役返上を願い出て、今は無役の寄合席……」

「お役返上ですか」

高村は戸惑いを浮かべた。

「うむ」

「返上の理由は……」

「それなのだが、持病の腰痛が酷《ひど》くなったとか、眼が霞《かす》むようになったとか、いろいろ噂されているが良く分からぬのだ」

「分からない……」

高村は眉をひそめた。

「うむ。以来、土屋采女正さまは公から身を退《ひ》かれ、誰とも逢っていないそうだ」

「ならば家督を譲り、隠居を……」

「いや。土屋采女正さまには今、十四歳になる姫さましかおらぬ」

「御嫡男《ちゃくなん》は……」

武士は家を継ぐ嫡男を得る為、側室を持つのが普通だ。

「その嫡男だが十六歳の元服直後、四年前だが急な病で亡くなっている」

半蔵は厳しい面持ちで告げた。

「亡くなった……」

高村は戸惑った。

嫡男の死後、役目を返上した……。

「左様。土屋家には他に息子はおらぬはず」

土屋采女正は、家督を継ぐ嫡男を失って衝撃を受けたのに違いない。

「土屋さまのお役目返上、嫡男の死に関わりがあるのでしょうか」

「おそらくな。そして、此度《こたび》の中村寛十郎殺しにも、何らかの関わりがあるやも知れぬ」

半蔵は己の睨みを告げた。

事件の根は深く、意外な方に伸びているのかも知れない……。

高村は、微かな身震いを覚えた。

「そのような土屋さまだ。寺社奉行の阿部《あべ》出雲守《いずものかみ》さまに逢う事はあるまい」

「左様にございますか」

高村はひと息ついた。

「だが、それ故にどう出るかも読めぬ。高村、決して油断致すな」

半蔵は厳しく命じた。

「はっ。心得ました」

高村が半蔵の用部屋を後にした時、庭に溢れていた日差しは翳《かげ》り始めていた。


市ヶ谷左内坂町は、武家屋敷と寺に囲まれた小さな町だ。

平八郎と長次は、中村寛十郎が殺された時刻に藤色の頭巾を被った武家女を見掛けた者を探し続けていた。だが、藤色の頭巾を被った武家の女を見掛けた者は見つからなかった。

「見掛けた者がいないってのは、どういう事かな」

平八郎は吐息を洩《も》らした。

「そりゃあ平八郎さん。きっと、武家の女が藤色の頭巾を外したんですよ」

長次は苦笑し、事も無げに云った。

藤色の頭巾は目立った。それだけに平八郎は、武家女の人相や着物を詳しく覚えてはいなかった。

藤色の頭巾を外した武家女は、目立つ事もなく左内坂町に消えたのだ。

平八郎は、不意を突かれた思いだった。

「平八郎さん……」

長次が左内坂を示した。

笠を被った三人の侍が、左内坂をあがって来た。そして、その後を伊佐吉がやって来た。

「伊佐吉親分だ」

「ええ。笠を被った三人の侍を追っていますぜ」

「笠を被った三人の侍……」

平八郎は、左内坂を登って行く笠を被った三人の侍を見送った。

「土屋家の家来かも知れないな」

「ええ。あっしが追います。親分と一緒に来て下さい」

長次は、笠を被った三人の侍を追って左内坂を登っていった。

「親分……」

平八郎は、左内坂を登ってきた伊佐吉に並んだ。

「藤色の頭巾の武家女は……」

「まだだ。土屋の家来か」

「ええ……」

平八郎と伊佐吉は、左内坂を登りながら短く情報を交換した。


土屋家の三人の家来は、左内坂を登って尾張藩江戸上屋敷の長い塀と武家屋敷の連なりの間の道を進んだ。

尾行には難しいところだ。だが、長次は路地や裏通りを使って巧妙に尾行した。

土屋家の家来たちは裏通りに入った。そして、連なる武家屋敷の一軒の前に立ち止まった。武家屋敷は、二百石取りほどの旗本の屋敷だった。土屋家の家来たちは、旗本屋敷を窺い、周囲の様子を探り始めた。

長次は物陰に潜んだ。

平八郎と伊佐吉が長次に合流した。

「あの屋敷を窺っていますよ」

長次は報せた。

「何をする気かな」

平八郎たちは、土屋家の家来たちの動きを見守った。

旗本屋敷街には、赤ん坊や子供の泣き声も聞こえずひっそりとしていた。

土屋家の家来たちが素早く物陰に散った。

平八郎、伊佐吉、長次は緊張し、旗本屋敷を見つめた。

旗本屋敷から武家の妻女が出て来た。武家の妻女は、裏通りから通りに向かった。

平八郎は、武家の妻女の後ろ姿に微かな見覚えがあった。

土屋家の家来の二人が追った。

「どうします」

長次が囁《ささや》いた。

「親分、長次さん。あの妻女、藤色の頭巾を被っていた武家の女かも知れん」

平八郎は、家来たちが尾行ていく武家の妻女を見つめた。

「何ですって……」

伊佐吉と長次は緊張した。

「追ってみる」

平八郎は、素早く武家の妻女と土屋家の家来たちを追った。

「親分……」

長次は戸惑いを浮かべた。

「大丈夫だろう。それより長さん、誰の屋敷か調べて来てくれ」

「承知……」

長次は身軽に立ち去った。

残った家来は、屋敷の様子を窺い続けている。

伊佐吉は見張った。


左内坂には行商人の売り声が長閑《のどか》に流れていた。

武家の妻女は左内坂を下りて行く。

土屋家の二人の家来は、笠を目深に被って妻女を尾行ていた。

平八郎は追った。

武家の妻女は、左内坂の途中から左内坂町に入った。その時、武家の妻女は背後を鋭く一瞥した。

藤色の頭巾を被った武家の女……。

平八郎は確信した。

武家の妻女は、左内坂町から長延寺に向かった。

何をする気だ……。

平八郎は、土屋家の家来たちとの間を詰めた。

三

伊佐吉の許《もと》に長次が戻って来た。

「誰の屋敷か分かったかい」

「ええ。百五十石取りの小普請《こぶしん》、日下《くさか》総一郎《そういちろう》さんのお屋敷で、綾香《あやか》って妹と二人暮らしですぜ」

長次の調べに抜かりはなかった。

「って事は、さっき出掛けていったのが、妹の綾香さまだな」

「きっと。それから日下総一郎さん、かなりの遣い手だそうですよ」

長次は、伊佐吉の反応を窺った。

「総一郎が長延寺で中村寛十郎を殺《あや》めたかもしれないか……」

伊佐吉は、長次の睨みを読んだ。

「ええ……」

長次は頷いた。

日下屋敷から長身瘦軀《そうく》で羽織袴の武士が出て来た。

日下総一郎……。

伊佐吉と長次は、緊張した面持ちで見守った。

日下は鋭い眼差しで辺りを見廻し、隙のない足取りで四《よ》ッ谷《や》に向かった。

一人残った土屋家の家来が尾行を始めた。

「長さん……」

伊佐吉と長次が追った。


長延寺の境内には長閑さが流れていた。

武家の妻女は境内を抜け、門前の茶店に入って茶を頼んだ。

土屋家の二人の家来は、物陰から武家の妻女を見張った。

武家の妻女は気持ち良さそうに辺りを眺《なが》め、運ばれてきた茶を楽しんだ。

土屋家の家来たちの顔に苛立《いらだ》ちが浮かんだ。

囮《おとり》……。

平八郎の直感が囁いた。

武家の妻女は、土屋家の家来たちに気付き、その監視を外す為の囮になった。

平八郎はそう睨んだ。

監視を外して何をする気だ……。

肝心な動きは屋敷の方にある。

平八郎は気付いた。

武家の妻女は、茶代を払って茶店を出た。そして、来た道を戻り始めた。土屋家の家来たちが続いた。

平八郎は、武家の妻女たちより早く旗本屋敷に戻ろうと、裏通りと路地を急いだ。

尾張藩江戸上屋敷の西側にも武家屋敷は続き、四ッ谷・内藤新宿《ないとうしんじゅく》になる。

日下総一郎は、悠然とした足取りで四ッ谷に向かっていた。

土屋家の家来は尾行した。そして、伊佐吉と長次が続いていた。

「妙だな」

長次が首を捻った。

「どうした長さん」

伊佐吉は怪訝に長次を見た。

「日下総一郎、尾行られているのに気付いているのに撒《ま》こうともしねえのが気になりましてね」

「って事は、突き止められてもかまわない処に行く気なのか、それとも……」

伊佐吉は読んだ。

「ひょっとしたら、それともの方かも知れませんよ」

長次の顔に厳しさが過《よぎ》った。

日下総一郎は、武家屋敷の長い塀の角を曲がった。そして、土屋家の家来が追って塀の陰に消えた。刹那《せつな》、男の呻《うめ》き声が聞こえた。

それともの方だ……。

伊佐吉と長次は走り、油断なく塀の角の向こうを窺った。

そこに日下総一郎の姿はなく、土屋家の家来が倒れていた。

伊佐吉と長次は、倒れている家来に駆け寄った。家来は刀の柄を握り締め、胸元から血を流して絶命していた。

「袈裟懸《けさが》けの一太刀ってやつだ」

「鮮やかなもんですぜ」

長次は感心した。

「長さん、それより日下総一郎だ」

伊佐吉は焦った。

「承知……」

伊佐吉と長次は、日下総一郎を探しに散った。

日下総一郎は、尾行をして来た土屋家の家来を斬り棄《す》てて姿を消した。

旗本屋敷は静まり返っていた。

平八郎が戻った時、伊佐吉と長次の姿はなく、一人残った土屋家の家来もいなかった。

旗本屋敷に何らかの動きがあった……。

平八郎は、己の睨み通りだと知った。

武家の妻女が戻って来た。

平八郎は素早く物陰に隠れた。

武家の妻女は辺りを見廻し、潜り戸から入ろうとした。

「待て」

土屋家の家来たちが駆け寄って来た。

武家の妻女は、小さな嘲りを浮かべて迎えた。

「何か御用ですか」

武家の妻女は、毅然《きぜん》と土屋家の家来たちに対峙《たいじ》した。

「日下総一郎はいるか」

「何方《どなた》さまでございましょう」

「黙れ、日下はいるかと訊いているのだ」

土屋家の家来たちは焦り、苛立った。

「問答無用だ。退《ど》け」

土屋家の家来の一人が、武家の妻女を押し退けて屋敷内に踏み込もうとした。武家の妻女は、その家来を突き飛ばした。

「女だと侮《あなど》り、無礼をすると日下総一郎が妹綾香。許しませぬぞ」

武家の妻女は不敵に言い放ち、胸元の懐剣を握って身構えた。

土屋家の家来たちはいきり立った。

日下総一郎と妹の綾香……。

平八郎は知った。

「おのれ」

土屋家の家来の一人が、刀を抜いて綾香に斬り付けた。刹那、平八郎が飛び込み、家来の刀を叩き落とした。

綾香は驚き、家来たちは怯《ひる》んだ。

「何故かは知らぬが、武士が女子《おなご》一人相手に刀を抜くとは、只《ただ》では済まぬぞ」

平八郎は、神道無念流《しんとうむねん》の抜き打ちの構えを取った。

土屋家の家来たちは思わず後退《あとずさ》りした。

「これ以上の狼藉《ろうぜき》、主家にも災いを及ぼすと覚悟致せ」

平八郎は冷たく笑った。

万一、平八郎に捕らえられて素性を知られたら、その恥辱《ちじょく》は主家の災いとなる。

主家に災いを及ぼすのは、武士にとって致命的な不忠だ。

土屋家の家来たちは、脅えたように顔を見合わせて身を翻《ひるがえ》した。

平八郎は小さな吐息を洩らし、抜き打ちの構えを解いた。

「どなたさまかは存じませんが、ありがとう存じます」

綾香は、平八郎に礼を述べた。

「いいえ。丁度通り掛かったものですから。奴ら、何者かご存じですか」

「いいえ……」

綾香は言葉を濁《にご》した。

「そうですか。あっ、そうだ。私は矢吹平八郎と申します」

「これは御無礼致しました。私は旗本日下総一郎の妹で綾香と申します。兄が礼を申すべきところではございますが、何分にも外出致しておりまして……」

平八郎の睨みの通りだ。

綾香は囮になって家来たちをひき付け、その間に兄の日下総一郎は出掛けたのだ。

そして、残った土屋家の家来が尾行し、伊佐吉と長次が追ったのだ。

「いいえ。じゃあ私はこれで……」

平八郎は、日下屋敷の前から立ち去り、路地に入った。

綾香は平八郎が路地に入るのを見届け、潜り戸を潜った。

平八郎は、それを確かめて再び日下屋敷の見張りを始めた。

外濠・四ッ谷御門から四ッ谷大木戸《おおきど》・内藤新宿に掛けての往来は、甲州《こうしゅう》街道や青梅《おうめ》街道に続いて賑わっていた。

長次は、日下総一郎を探して往来に出た。そして、行き交う人々の間に日下総一郎を見つけた。長次は、慎重に日下を追った。

日下は往来を四ッ谷御門に向かい、忍原《おしわら》横丁に入った。

長次は急いだ。

忍原横丁の先には、大小さまざまな寺が伽藍《がらん》を連ねていた。

日下は、その中の龍仙寺《りゅうせんじ》の前に立ち止まり、尾行る者の有無を確かめて素早く山門を潜った。

焦ると土屋家の家来と同じ運命になる……。

長次は、物陰で充分に間を取って龍仙寺に走った。

日下が庫裏《くり》に入って行くのが見えた。

長次は見届け、深々と安堵《あんど》の吐息を洩らした。

下谷御数奇屋町の土屋屋敷は、市ヶ谷尾張藩江戸上屋敷から家来の死を報されて激しく動揺した。

用人の田辺平左衛門は、家来たちに死体の引き取りを命じ、正室のお絹《きぬ》の方に逢った。

「おのれ、日下総一郎……」

お絹の方は、柳眉《りゅうび》を逆立てて激怒した。

「お方さま、日下と綾香の望みは、琴路《ことじ》母子を放っておくこと。しばらく様子を見た方が良いのかもしれませぬ」

「ならぬ」

お絹の方は、甲高い声で叫んだ。

田辺は白髪頭を下げ、痩《や》せた身体を折り曲げて平伏した。

「琴路の子は我が殿采女正の子。土屋家の子ぞ。一刻も早く屋敷に引き取り、御公儀に嫡子として届けなければなりませぬ」

「ですがお方さま、琴路母子は日下兄妹が匿《かくま》い、その居場所が分からぬ限りは……。お方さま、事ここに至れば、最早雪乃《もはやゆきの》さまに婿《むこ》養子をとられるしかないかと存じます」

「黙れ田辺。雪乃に婿養子をとり、土屋の家督を継がせるはすでに遅く、俸禄を減らされるは必定。琴路の子に家督を継がせ、妾《わらわ》が後見するしかないのです」

「お方さま……」

「殺せ。邪魔な日下総一郎と綾香を、一刻も早く殺し、琴路母子を連れ戻せ」

お絹の方は宙を睨み、物の怪に憑《つ》かれたように叫んだ。

田辺平左衛門は平伏した。そして、主の土屋采女正を密《ひそ》かに恨《うら》んだ。


日は沈み始めた。

武家屋敷街は夕暮れに包まれた。

日下総一郎は戻らず、伊佐吉や長次も現れなかった。

藤色の頭巾を被った綾香が、日下屋敷から出て来た。綾香は鋭い眼差しで辺りを見廻し、見張りを警戒した。そして、屋敷を離れ、足早に四ッ谷に向かった。

平八郎は追った。

綾香は平八郎の尾行に気付かず、尾張藩江戸上屋敷の西側を進んで四ッ谷の通りに出た。そして、忍原横丁を抜けて龍仙寺に入った。

平八郎は見届けた。

「平八郎さん……」

長次が暗がりから現れた。

「長次さん……」

「頭巾を被った女、日下綾香ですかい」

長次は、綾香が入って行った龍仙寺の庫裏の灯《あか》りを見つめた。

「うん。長次さんがここにいるって事は、日下総一郎もここに来ているのですか」

「ええ。ま、こちらに……」

長次は、龍仙寺などの寺と通りを挟んで向かい合う小旗本の組屋敷の一軒に案内した。そして、組屋敷の家作《かさく》に招き入れた。微禄の御家人たちは、組屋敷内に家作を作って貸し、家賃を得て暮らしの助けにしている事が多かった。長次は、そうした御家人の空いていた貸家を借りた。貸家の窓から龍仙寺の表が見通せた。

「どうなっているんです」

平八郎は眉をひそめた。

「平八郎さんが、綾香さんたちを尾行て行った後……」

長次は、日下総一郎が出掛けてからの出来事を詳しく教えた。

「そして、龍仙寺ですか……」

「ええ。日下、入ったきりでしてね」

「どういう寺なんですか」

「真言宗《しんごんしゅう》の寺でしてね。住職と小坊主。それに寺男がいます」

「それだけですか……」

「いえ。他にも誰かがいるでしょうね」

長次は小さく笑った。

龍仙寺には、住職、小坊主、寺男、そして日下兄妹の他に誰かがいる。

「その他の誰か、何者ですかね」

「ええ……」

〝他の誰か〟は、土屋家に関わりのある者かもしれない。それ故、土屋家は〝他の誰か〟の居場所を知りたくて、日下兄妹を尾行《つけ》廻しているのだ。

平八郎は思いを巡らせた。

龍仙寺は夜の闇に包まれていた。


燭台の灯りは、用部屋を仄《ほの》かに照らしていた。

「市ヶ谷に続き、四ッ谷か……」

結城半蔵は眉をひそめた。

「はい。尾張藩江戸上屋敷からの報せで、土屋家はすぐに死体を引き取ったそうです」

高村は頷いた。

「斬ったのは御家人の日下総一郎に相違ないのだな」

「はい。斬ったところを直《じか》に見てはおりませんが、追っていた伊佐吉から知らせを受けました。間違いありません」

「ならば、土屋家も黙ってはおるまい」

「はい。土屋家には伊佐吉たちが張り付き、動きを見張っております」

「うむ。百五十石取りの日下総一郎と五千石の大身旗本の土屋采女正か……」

半蔵の眼が鋭く輝いた。

「勝負にならない石高、身分ですな」

高村は嘲笑を浮かべた。

「高村、日下総一郎と綾香は死を覚悟して事に当たっている」

「死ぬ覚悟……」

高村は戸惑った。

「左様。日下兄妹をそこまで駆り立てるものは何か。高村、容赦《ようしゃ》も遠慮も無用。土屋家の内情、手立てを選ばず一刻も早く調べ上げろ」

半蔵は厳しく命じた。

「心得ました」

一刻も早く内情を摑まないと、土屋家はその力と立場を利用して日下総一郎と綾香を踏み潰し、何もかもを闇の彼方《かなた》に葬る。

半蔵はそれを恐れ、高村に手立てを選ばぬ探索を命じた。

高村は、半蔵の命令に密かに震えを覚えた。

燭台《しょくだい》の灯が揺れた。


「平八郎さん……」

龍仙寺を窺っていた長次が、壁に寄り掛かって転寝《うたたね》をしていた平八郎を起こした。

「どうしました」

「侍が一人。龍仙寺の表を行ったり来たりしていますぜ」

龍仙寺の山門の陰に武士が一人潜んでいた。

武士は、明らかに龍仙寺を窺っていた。

「土屋家の家来でしょう」

「どうします」

「捕らえて何もかも吐かせますか……」

平八郎は小さく笑った。

「潮時かも知れませんね」

長次は苦笑し、頷いた。

四

龍仙寺の庫裏の腰高障子には灯りが映《は》えていた。

土屋家家来の山崎信兵衛《やまざきしんべえ》は、日下家の菩提寺《ぼだいじ》が四ッ谷龍仙寺と知って様子を窺いに来た。

龍仙寺に日下総一郎と綾香がいれば、琴路母子もいるかも知れない……。

山崎信兵衛は、そう考えて龍仙寺にやって来た。だが、土屋家の家来は、すでに二人も葬られている。二人を葬ったのが日下兄妹かどうかは分からないが、総一郎の剣の腕ならば充分にありえる。

下手な動きは命取りだ……。

山崎は、拙速《せっそく》を避けて慎重に探りを入れる事にした。だが、その慎重さが、長次と平八郎の眼を惹《ひ》いたのかもしれない。

背後の闇が人の気配に揺れた。

山崎は振り返った。途端に激痛が頭を包み、眼の前に明かりが大きく瞬《まれた》いた。

山崎は意識を失い、その場に崩れ落ちた。

平八郎と長次は、崩れ落ちた山崎を抱き受けて借家に運んだ。


山崎は意識を取り戻し、眼の前を見つめた。眼の前には漆黒の闇が広がっていた。

何がどうした……。

山崎は戸惑い、左右と背後を窺おうと首を僅かに動かした。

刹那、右頬に白刃の冷たさが触れた。

山崎は凍《い》てついた。そして、目隠しされているのに気付いた。

「土屋采女正の家来だな……」

平八郎が、背後の暗闇から囁いた。

誰だ。何者だ……。

山崎の身体は縮《ちぢ》み、喉が微かに鳴った。

「名は……」

山崎は口をつぐんだ。奥歯が小刻みに鳴った。平八郎は、山崎の右頰に当てた刀を薄く滑らせた。山崎の右頰に痒《かゆ》みが走り、生温かさが溢れた。生温かさは頰を伝って唇に触れた。

血……。

右頰の皮が一枚だけ撫でるように斬られた。恐ろしいほどの剣の冴《さ》えだ。

山崎は、逃げようと思わず手足を動かした。だが、手足は固く縛られ、動く事はなかった。

殺される……。

山崎は初めてそう思った。そして、恐怖に激しく突き上げられた。

「何故、日下兄妹を尾行《つけ》廻す……」

平八郎は囁いた。

「よ、用人の田辺平左衛門さまの命令だ」

「理由は……」

「琴路さまと子供を探し出して、お屋敷に連れ戻す為だ」

山崎の声は震え、掠《かす》れていた。

「琴路さまとは誰だ」

「奥方さま付きの腰元だ」

「その腰元の琴路さまと子供をどうして探す」

「お屋敷から逃げたからだ……」

「何故、逃げた」

「し、知らぬ……」

山崎の左頬に右頬同様に痒みが走り、生温かい血が流れるのを感じた。

「本当に知らぬ。何も知らぬ」

山崎は震え、涙を滲《にじ》ませた。

「日下総一郎はどのような関わりがあるのだ」

平八郎は厳しく尋ねた。

「日下どのは土屋家の縁戚筋の旗本で、綾香どのは、昔奥方さまの腰元だった」

「ならば、琴路さまと知り合いか……」

「そうだ」

山崎は震えながら頷いた。刹那、首筋に鋭い衝撃が走り、目隠しされた暗闇が消えた。

山崎信兵衛は気を失った。

平八郎は張り詰めていた息を洩らし、納戸の暗がりから出た。

燭台の小さな灯りが眩《まぶ》しく思えた。

「ご苦労さまでした」

窓から龍仙寺を見張っていた長次が労《ねぎら》った。

「聞こえましたか」

平八郎は茶を淹《い》れて啜った。

「琴路さまと子供ですか……」

「ええ。琴路さまと子供が、龍仙寺にいる他の誰かでしょう」

平八郎は声をひそめた。

「日下兄妹は、その琴路さまと子供を土屋家から護《まも》ろうとしているってところですか」

長次は情況を読んでみせた。

「ええ。それにしても分からないのは、土屋家がどうして琴路さまと子供を連れ戻そうとしているかですね」

「そいつが、おそらく今度の騒ぎの元ですよ」

「うん……」

「で、どうします山崎信兵衛さん」

「きっと今以上の事は知らぬだろう」

「あっしもそう思いますよ」

長次は頷いた。

「捕らえておくにしても放免するにしても、土屋家の手が龍仙寺に及ぶのは間違いありません。それまでに騒ぎを片付けましょう」

平八郎は決めた。

「どうやって片付けるんです」

長次は眉をひそめた。

「日下総一郎さんと綾香さんに逢うしかありますまい」

平八郎は不敵に笑った。


闇は薄れ、夜明けが訪れた。

伊佐吉と亀吉は、夜中に訪れた高村から結城半蔵の意見を聞かされた。

土屋家は黙っていない……。

伊佐吉と亀吉は緊張し、土屋家の見張りを続けた。

用人の田辺平左衛門は眉根を寄せた。

「山崎信兵衛が戻らぬだと……」

「はい。昨日、琴路さまを探しに出掛けたまま……」

用人配下の梶原甚内《かじわらじんない》は、油断のない眼差しを田辺に向けた。

「で、何処に探しに行ったのだ」

「確か日下の菩提寺に……」

「日下の菩提寺だと……」

「はい」

「その菩提寺、何処の何と申す寺だ」

「聞くところによれば、四ッ谷の龍仙寺だとか」

「四ッ谷の龍仙寺……」

田辺は思いを巡らせた。

日下屋敷の見張りに残った家来が斬り殺された尾張藩江戸上屋敷の裏手は、市ヶ谷から四ッ谷に抜ける道筋になる。

四ッ谷の龍仙寺……。

琴路母子と日下兄妹は、四ッ谷龍仙寺に潜んでいる。

田辺の思案はそこに辿り着いた。

「よし。人数を集めろ」

田辺は覚悟を決めた。

梶原は返事をし、田辺の部屋を出た。

田辺は巻紙と筆を用意し、土屋家を退転する旨《むね》を書き認《したた》め始めた。


「親分、旦那……」

土屋屋敷を見張っていた亀吉が、緊張した声で伊佐吉と高村を呼んだ。

用人の田辺平左衛門が、梶原甚内たち配下の者どもを十名ほど従えて土屋屋敷から現れた。

「高村の旦那……」

「ああ。行き先は日下の屋敷か、四ッ谷の龍仙寺だな」

「きっと……」

田辺は土屋屋敷に深々と頭を下げ、梶原たちを従えて出掛けた。

伊佐吉と高村は、亀吉を従えて中間部屋を飛び出した。

田辺と梶原たち配下は、足早に湯島天神切り通しを西に急いでいた。

高村、伊佐吉、亀吉は追った。


連なる寺の甍は、朝陽を受けて眩しく輝いていた。

平八郎は龍仙寺の庫裏を訪れた。

小坊主と寺男が朝飯の仕度をしていた。

平八郎は名乗り、住職に逢いたいと伝えた。小坊主は住職を呼んで来た。

「矢吹平八郎さんですか……」

太鼓腹をした大柄な住職が奥から現れ、笑顔で平八郎の前に座った。

「はい……」

「拙僧は龍仙寺住職の慈源《じげん》。して、御用とはなんですかな」

住職の慈源は、笑みを浮かべて僅かに首を傾けた。

「日下総一郎さんにお逢いしたい」

平八郎は伝えた。

「日下総一郎……」

　慈源の眼に鋭い輝きが過《よぎ》った。

「はい。昨夜遅く不審な武士を捕らえましてね。厳しく問い質《ただ》したところ、旗本土屋采女正さま御家中の者と知れました」

　慈源の眼に驚きが過った。

　平八郎は、大柄な慈源の背後にある廊下で影が揺れたのを見逃さなかった。

　日下総一郎……。

　平八郎の直感が囁いた。

「その者は、日下総一郎さんたちを追っていましてね……」

　平八郎は、慈源の背後にある廊下で揺れた影に告げた。

　慈源は、平八郎が廊下に潜んでいる日下に気付いているのを知った。

「土屋家の手が迫る前に、日下さんにお逢いしたい」

　平八郎は廊下の影に告げた。

「さあて、どうするかな……」

　慈源が太鼓腹を揺すり、背後の廊下に視線を送った。

　背の高い日下総一郎が、緊張した面持ちで廊下から現れた。

「やあ……」

平八郎は微かに緊張した。

「矢吹平八郎どのか……」

「はい。日下総一郎さんですね」

日下総一郎は、追われている者の険しさや脅えの欠片《かけら》も窺わせなかった。

平八郎は微笑んだ。


龍仙寺の小さく質素な庭は、落ち着きと安らぎを与えてくれた。

「いい庭ですね」

平八郎は感心した。住職の慈源の懐の深さと広さを知った。

「それで、私に用とは……」

日下は苦笑した。

「琴路さん母子がここにいるのなら、早々に他の処に移った方がいいでしょう」

平八郎は静かに告げた。

「おぬし……」

平八郎は琴路母子の事を知っている。

日下は僅かに身構えた。鋭い殺気が静かに平八郎に迫った。

斬られる……。

平八郎の直感が震えた。

日下は、殺気とともに間合いを詰めてきた。

平八郎は何気なく離れ、日下の間合いから逃れた。

風が庭を吹き抜けた。

日下は僅かな笑みを滲《にじ》ませ、気組みを解いた。

平八郎は、安堵の吐息を洩らした。

「日下さん、私はお上の御用を承《うけたまわ》る岡っ引の助太刀に一日一分で雇われていましてね。それで、長延寺の中村寛十郎殺しの探索を手伝っていて……」

「いろいろ知りましたか」

「はい。もっとも中村寛十郎が長延寺で殺された時は、駕籠舁に雇われていましたがね」

平八郎は苦笑した。

「駕籠舁……」

日下は眉をひそめた。

「ええ。後棒が風邪をひきましてね。酒手の山分けで代役です。そして、藤色の頭巾の武家の妻女を市ヶ谷まで駕籠に乗せたら、中村寛十郎が尾行して来て。それで追ってみたわけです。後はご存じのはずですよ」

平八郎は日下を見つめた。

「あの時の駕籠舁か……」

「ええ……」

平八郎は頷いた。

「中村寛十郎と尾張藩江戸上屋敷の裏で土屋の家来を殺《あや》めたのは私だ」

日下は己の罪を認めた。

「やはり……」

「矢吹どの、私はいずれ自訴する。それまで待ってはいただけぬか」

「琴路さん母子ですか……」

「うむ。琴路どのは我が妹綾香の昔の朋輩《ほうばい》でしてな。土屋さまの奥方の腰元をしていた」

「ええ……」

土屋家の家来・山崎信兵衛の答えた通りだった。

「そして、琴路どのは采女正さまの眼に留まって無理やり側室にされ、千代松君《ちよまつぎみ》をお産みになられた。采女正さまはお喜びになられたが、正室のお絹の方さまは激怒され、琴路どのを亡き者にし、千代松君を奪い取ろうとしたのだ。だが、それは、采女正さまが辛うじて阻止されていた。しかし半年前、采女正さまは卒中で倒れられた」

「卒中で……」

平八郎は驚いた。

「左様。以来、身体も利かず、言葉も不自由になって最早生きる屍《しかばね》。十屋家はお絹の方さまの思いのまま……」

「それで、日下さんと綾香さんは琴路さん母子を連れて逃げ、匿《かくま》いましたか」

「如何にも……」

日下は哀しげに頷いた。

土屋家は主・采女正が卒中で倒れ、生きる屍となったのを公儀に届けてはいない。

「それで、琴路さんは千代松君をどうするつもりなのですか」

琴路の出方は、平八郎の立つべき場所を大きく左右する。

「千代松を連れて江戸を出ます」

女の哀しげな声が背後からした。

平八郎は振り返った。

そこには、綾香と幼子を抱いた女がいた。

幼子が千代松であり、抱いている女が琴路だった。

「これ以上、日下さまや綾香さまにご迷惑はお掛け出来ません。私は千代松と人目につかない処で静かに暮らします」

「琴路どの……」

日下は、琴路に厳しい眼を向けた。

「兄上、千代松君と静かに暮らす。それが琴路さまの願い。私もそれが良いと思います」

綾香は、琴路の気持ちを汲《く》んだ。

「だが、琴路どのはそれで良くても、千代松君は五千石の大身旗本土屋家の嫡子。果たして、それでいいのかな」

「総一郎さま。千代松は采女正さまのお子ではございませぬ」

琴路は言い放った。

日下と平八郎は驚き、困惑した。

「貴方さまの子にございます」

「まさか……」

日下は言葉を失い、凍《い》てついた。

「兄上、琴路さまが采女正さまのお側にあがる以前の事をお忘れにございますか」

「琴路どの……」

日下は呆然と呟《つぶや》いた。

平八郎は、日下と琴路がかつて情を交わした仲だと知った。

「総一郎さま、私は千代松に大身旗本土屋家の子としてではなく、己自身の力で生きる男になって欲しいと思います。土屋家の血筋を繋《つな》ぐ道具にしたくないのです」

琴路は幼子を愛しげに見つめた。そこには、何もかも棄てる哀しさや辛さはなく、愛する子と生きる喜びだけがあった。

「兄上……」

綾香は、日下に縋《すが》る眼差しを向けた。

「うむ。矢吹どの、聞いての通りだ」

「はい」

平八郎は微笑み、立つべき場所を決めた。

「矢吹さん……」

庭の木戸口に慈源がいた。

「はい」

「お前さんの知り合いが来た」

慈源は背後に頷いた。

長次と亀吉が、木戸口に現れた。

「どうしました」

「土屋家の家来がこちらに向かっているそうですぜ」

長次の言葉に亀吉が頷いた。

日下と綾香が厳しい面持ちになり、琴路が千代松を抱き締めた。

土屋家は、最後の手立てとして力押しを仕掛けて来る。

平八郎はそう睨んだ。

「じゃあ日下さん、先ほど申したように、早々にここを立ち退いて下さい。後は引き受けます」

「矢吹どの、そうは参らぬ」

日下は笑みを洩らした。

「日下さん……」

「土屋家の家来を二人も手に掛けた罪の責めは負わなければならぬ」

日下は潔かった。

「分かりました。それで、琴路さんたちを落とす当ては……」

「それは……」

「兄上……」

日下と綾香は困惑を浮かべた。

「ならば、拙僧の古い弟子が牛込の寺の住職をしている。とりあえずは、その寺に行かれるが良い」

慈源は太鼓腹を揺すった。

「慈源さま……」

「かたじけのうございます」

日下と綾香、そして琴路が頭を下げた。

「なあに礼には及ばぬ。良念《りょうねん》と寺男の梅吉《うめきち》に案内させよう」

「長次さん、付き添ってくれますか」

「承知……」

長次は微笑んだ。

「亀吉、この事を伊佐吉親分に報せてくれ」

「合点だ」

亀吉は身を翻し、素早く庭を立ち去った。

「じゃあ、あっしたちも早くここから出ますか……」

長次は、綾香と琴路を急がせた。

風が吹き抜け、木々の梢《こずえ》が鳴った。


田辺平左衛門と梶原甚内たちは、四ッ谷の通りを横切って忍原横丁を進んだ。

伊佐吉と高村は尾行した。


「親分、旦那……」

路地から亀吉が現れた。

「どうだった」

「はい。日下さま兄弟と琴路さま母子、やはり龍仙寺に潜んでいました」

「で、平八郎さんと長さんは……」

「へい……」

亀吉は、事の次第を説明した。

龍仙寺は参拝客もなく、慈源の読む経が境内に響いていた。

田辺平左衛門たちは、門前で龍仙寺の様子を窺った。

配下の梶原甚内が、境内から田辺の許に駆け戻った。

「どうだ」

「はい。本堂に住職がおり、庫裏にも人がいます」

「琴路さまと千代松君は……」

田辺は縋《すが》る思いで尋ねた。

「分かりませぬが、おそらく奥座敷にいるものかと……」

梶原は苦しげに答えた。

「そうか……」

田辺は眉をひそめ、吐息を洩らした。

最早、迷い躊躇《ためら》う時は過ぎているのだ……。

田辺は己に言い聞かせた。

「田辺さま……」

梶原たちは田辺の指示を待った。

「踏み込むしかあるまい」

田辺は境内に入った。梶原たち配下が続いた。

「我が寺に何か御用ですかな」

本堂の階《きざはし》に慈源がいた。

「ご住職にございますか」

田辺は、階にいる慈源を眩しげに見上げた。

「左様。慈源にござる」

慈源は太鼓腹を突き出した。

「拙者は田辺平左衛門と申します。慈源どの、もしこちらに土屋家御側室琴路さまと千代松君がおいでになるなら、どうか逢わせていただきたい」

田辺は白髪頭を下げ、痩せた身体を折り曲げた。

「逢って何とされる」

「千代松君をお連れになってお屋敷にお戻り下さるよう、お願い致します」

「そして、お家安泰の道具と成すか……」

慈源は皮肉っぽく笑った。

「慈源どの……」

「田辺どの、ここには最早、琴路どのも千代松君もおりませんぞ」

「まことに……」

田辺は顔色を変えた。

「左様。早々にお引取り下され」

慈源は厳しく告げた。

田辺は立ち尽くした。

「田辺さま……」

梶原は田辺を心配し、励ました。

「うむ」

田辺は覚悟を決めた。

「慈源どの、ならば寺の中を検《あらた》めさせていただく」

田辺は言い放った。

「ならぬ」

慈源は怒声をあげた。

だが、梶原たちは二手に分かれ、本堂と庫裏に走った。

慈源は本堂に逃げ込んだ。そして、日下総一郎が現れた。

「日下……」

田辺は憎しみを浮かべた。

「田辺さま、慈源どのの申された通り、琴路どのも千代松君もここにはおりませぬ。お引き取りを……」

「黙れ、日下。その方、かつては土屋家に繋がる者として御恩を蒙《こうむ》りながら楯突くは不忠の限り、許せぬ所業」

「田辺さま、主家の過ちを諫《いさ》め、食い止めるは、忠義にございます」

「問答無用」

田辺は叫んだ。叫びには怒りと苛立ち、そして哀しさが入り混じっている。

田辺自身、今の主家・土屋家のありようが良いとは思ってはいないのだ。

日下は、田辺に哀れみを覚えた。

配下の者どもが階に駆け上がり、日下に襲い掛かった。

日下は配下の者どもを投げ、蹴落とした。

庫裏に踏み込んだ梶原たちが、怒号とともに追い出された。

平八郎が、棒を手にして庫裏から現れた。

「勝手に踏み込み、おぬしたちは物盗《ものと》りか」

平八郎は笑った。

「おのれ……」

梶原は、己を奮い立たせて平八郎に斬り掛かった。

平八郎は退かず、梶原の斬り込みを無造作に躱《かわ》し、その肩を棒で打ち据えた。

梶原は刀を落とし、膝からその場に崩れ落ちた。配下たちは怯《ひる》み、後退りした。

「これ以上の乱暴狼藉《らんぼうろうぜき》は容赦はしない」

平八郎は手にした棒を唸《うな》らせた。

山門が軋《きし》みをあげて閉じられた。傍に高村、伊佐吉、亀吉がいた。

「こりゃあ、何の騒ぎだい」

高村は冷ややかに笑った。

「武士の私闘。そして、ここは寺の境内。町奉行所の者に咎《とが》められる謂れはない」

田辺は痩せた胸を反らし、必死に叫んだ。

「目付とお寺社の支配で町方は関わりねえってのかい……」

高村は苦笑した。

「左様……」

田辺は頷いた。

「田辺さん、確かに町方は関わりねえかも知れねえが、土屋家の所業を江戸中に広めることは出来るぜ」

「ついでに土屋采女正さまの病もな」

平八郎は、冷笑を浮かべて畳み掛けた。

采女正さまが生きる屍だと知っている……。

田辺は息を飲んだ。

最早これまで……。

田辺は事が終わったのを知った。

「梶原、皆の者。早々に屋敷に戻り、お絹の方さまに事は不首尾、田辺平左衛門は責めを負ったとお伝え致せ」

「田辺さま……」

梶原は眉をひそめた。

「私はすでに土屋家を退転した身……」

梶原たちは驚き、呆然と田辺を見つめた。

「何を致そうが、土屋家に累《るい》は及ばぬ。だが、その方どもは違う。土屋家に忠義を尽くしたければ早々に立ち去るのだ」

田辺は厳しく命じた。

梶原と配下の者たちは、悔しげに境内を出て行った。

「田辺さま……」

日下は戸惑いを浮かべた。

「日下、ここに来る前に一筆認めて参った」

田辺は淋《さび》しげに笑った。

「高村どの、此度の騒動の責めは一介の浪人の私にある。よろしくお願い致す」

田辺は高村に頭を下げ、脇差を抜いて己の腹に突き立てた。

「田辺さま」

日下は悲痛に叫んだ。

平八郎と高村が、倒れ掛けた田辺を支えた。

「田辺さん……」

「た、高村どの。責めは私にあります。何卒《なにとぞ》、何卒……」

田辺は苦しく顔を歪《ゆが》めた。

「分かった。田辺どのの忠義、篤《とく》と見届けた」

高村は言い聞かせた。

「かたじけない。日下、介錯《かいしゃく》を……」

田辺は安心したように微笑《ほほえ》んだ。

「日下さん、田辺さんの忠義をまっとうさせてやるんだな」

平八郎は日下を促した。

日下は頷き、刀を抜き払った。

田辺は懸命に姿勢を正し、静かに眼を閉じた。目尻から涙が零《こぼ》れた。

日下は刀を一閃した。

忠義者……。

平八郎は、田辺の忠義が哀しく思えてならなかった。


田辺平左衛門は、土屋家に忠義を尽くして滅びた。日下総一郎は南町奉行所に出頭し、土屋家の家来中村寛十郎たち二人を斬った事実を認めた。だが、土屋家は訴えることもなく、何もかもを闇の彼方に葬った。

結城半蔵は、田辺平左衛門の忠義の死に免じて事を収め、日下総一郎の罪を不問に付した。

土屋家は、娘の雪乃に婿を取って跡目とし、采女正の隠居届けを公儀に差し出した。公儀は届出の遅れを咎め、一千石の減封として許した。

放免された日下総一郎は、百五十石の俸禄を返上して浪人した。そして、琴路と千代松とともに江戸から姿を消した。妹の綾香も一緒なのは間違いなかった。

事件は終わった。

駕籠舁の太助が再び風邪をひき、平八郎は再び後棒に雇われた。

「行くぜ、平さん」

先棒の寅吉が、客を乗せた駕籠を威勢良く担ぎ上げた。平八郎は息を合わせて駕籠を担いだ。客を乗せた駕籠の重さが、全身に伝わった。

駕籠の重さは、乗せた客の体重だけではなく、抱えているさまざまな思いも含まれている……。

平八郎は駕籠を担いだ。

第二話　蔵法師

一

神田明神下お地蔵長屋の木戸口には古い地蔵がある。

古い地蔵は長い年月を風雨に晒《さら》され、目鼻立ちも定かではなかった。だが、その頭は朝陽を浴びて見事に光り輝いていた。

家から出て来た平八郎は、地蔵に慌ただしく手を合わせ、頭をさっとひと撫ぜして木戸を飛び出した。地蔵の朝の仕事は、平八郎を最後に終わった。

お地蔵長屋の人々は、出掛ける時に木戸口の地蔵の頭を撫でて一日の無事を願った。それは、長屋が出来てから続く住人たちの習わしだった。


神田明神下の通りは朝の忙しさを迎えていた。

平八郎は走った。だが、口入屋『萬屋』の前に人気《ひとけ》はなく、日雇い仕事の周旋はすでに終わっていた。

平八郎は立ち止まり、吐息交じりに天を仰いだ。

朝陽は眩しく輝いていた。

また間に合わなかった……。

平八郎はここ数日、朝寝坊が続いて日雇い仕事にありつく事は出来なかった。

朝陽の眩しさを振り払い、口入屋『萬屋』の暖簾《のれん》を潜った。

「お待ちしていましたよ」

暗い巣穴の奥で狸が笑っている……。

平八郎は僅かに仰《の》け反《ぞ》った。

「さあ、どうぞ」

主の万吉が奥の帳場から立ち上がり、あがり框《がまち》に薄い座布団を置いた。

珍しい事もある……。

平八郎は戸惑った。

「う、うん……」

平八郎は、あがり框の薄い座布団に腰掛けた。

「待っていたとは、何か私に向いている仕事が残っているのかな」

「ええ。平八郎さんに似合いの仕事がね」

万吉は、火鉢に掛かっている鉄瓶の湯を急須に注《そそ》いだ。立ち昇る湯気の向こうに小さな女の子の笑顔があった。利発そうな眼をした八歳ほどの可愛い女の子だった。

「やあ」

平八郎は思わず笑った。

「どうぞ」

万吉は茶を差し出した。

「かたじけない」

平八郎は、湯気のたつ茶を飲んだ。茶は朝から何も食べていない胃の腑《ふ》に染み渡った。

「どうだい。おみよ坊……」

万吉は、火鉢の向こうに座っている笑顔の女の子に尋ねた。

「良さそうな人ですね」

おみよと呼ばれた少女は、瞳を輝かせて大人びた感想を洩らした。

「そりゃあもう、人柄は萬屋の折り紙つきだ」

「剣術の方はどうですか」

「神道無念流の達人だよ。ねえ、平八郎さん」

「う、うん。まあな……」

平八郎は柄にもなく照れた。

おみよは笑った。

「じゃあ雇います」

「雇う」

平八郎は、おみよが雇い主なのに戸惑った。

「決まった」

万吉は、平八郎の戸惑いを無視した。

「じゃあ平八郎さん、晩飯つきで一晩二百文。いいですね」

「晩飯つきで二百文って、夜の仕事か」

「ですから、朝寝坊は好きなだけ出来ます」

万吉は平然と答えた。

「そりゃあそうかも知れないが、二百文とはな……」

平八郎は眉をひそめた。

神田明神門前の居酒屋『花や』で、銚子が三本と肴が二皿ほどで二百五十文だ。二百文はそれにも足りない給金だ。

「でしたら夜食もつけます」

おみよは、しっかりした口調で告げた。

「どんな仕事なんです」

平八郎は、少女のおみよが雇い主の仕事にわずかながら興味を持った。

「蔵法師《くらぼうし》の手伝いですよ」

「蔵法師……」

平八郎は思わず聞き返した。

〝蔵法師〟とは蔵の管理人を称した。その謂れは、足利時代に武家の剃髪者《ていはつしゃ》が蔵を預かり、米の出入を管理したところから始まったとされている。そして時が過ぎ、〝蔵法師〟は〝株〟を持つ者の仕事となり、家主も兼ねるようになっていた。

おみよの父親の篠田左内《しのださない》は、本所尾上町《ほんじょおのえまち》の蔵法師でもある家主《いえぬし》の仁左衛門《にざえもん》に雇われ、蔵とその品物の管理をしていた。その父親の左内が脚を怪我《けが》し、治るまでの手伝いを必要とした。それで娘のおみよは、かねてからの知り合いである万吉の許に助っ人を雇いに来たのであった。

「どうします、平八郎さん」

万吉は眉をひそめながら促した。

「う、うん……」

平八郎は躊躇《ためら》った。

万吉は、平八郎の袖をそっと引いて囁いた。

「給金、私が百文上乗せします」

万吉が素早く囁いた。

三百文だ……。

吝嗇《けち》な万吉が、どうして百文も自腹を切るのだ。平八郎は困惑しながらも、引き受けることにした。

「よし。分かった。雇っていただく」

「そうこなくっちゃあ」

おみよは嬉しげに笑った。


神田川の流れは煌《きら》めいていた。

平八郎とおみよは、神田川沿いの道を両国《りようごく》に向かった。両国で大川《おおかわ》に架《か》かる両国橋を渡れば、蔵のある本所尾上町になる。

篠田左内とおみよ父娘は、蔵の傍にある番小屋で暮らしていた。

「ほう。父上は浪人か……」

「ええ。死んだおじいちゃんの代からの浪人だって……」

おみよは屈託なく笑った。

「じゃあ、父上と母上の三人暮らしだな」

「ううん。母上は私を産んだ時、亡くなったんです」

おみよの顔に翳《かげ》が過《よぎ》った。

「すまぬ。余計な事を訊《き》いたようだ。勘弁してくれ」

平八郎は慌てて詫《わ》びた。

「いいえ」

おみよはすぐに明るさを取り戻した。

「じゃあ、おみよ坊がお父上のお世話をしているのか」

「ええ」

「大変だな」

「ううん。私はもう十歳です。掃除に洗濯、御飯も作れますし、帳簿付けや算盤《そろばん》も出来ます」

おみよは胸を張った。

「そいつは凄《すご》いな」

平八郎は素直に感心した。

おみよは、八歳ほどにしか見えなかったが、実は十歳だった。十歳にしてもしっかりした大人びた少女だった。

平八郎とおみよは、神田川に架かる柳橋《やなぎばし》を渡って両国広小路《ひろこうじ》に入った。そして、雑踏の中を大川に架かる両国橋に向かった。

両国橋は長さ九十六間（百七十五メートル）あり、本所側の橋詰に幾つかの土蔵が並んでいるのが見えた。

平八郎とおみよは、両国橋を渡って本所に入った。

本所尾上町は両国橋の東詰にあり、本所竪川《たてかわ》と大川が交わる処《ところ》にあった。

おみよは、平八郎を大川沿いに建ち並ぶ土蔵の傍にある番小屋に案内した。

「これはこれは……」

おみよの父親・篠田左内は、番小屋の奥部屋の薄い蒲団に横たわっていた。

「初めまして、矢吹平八郎です」

「篠田左内です。安い給金で良く引き受けてくれましたな」

左内は蒲団の上に起き上がり、包帯を巻いた左脚を投げ出して平八郎に対した。

「ええ。まあ。で、脚はどうされたのです」

平八郎は苦笑して言葉を濁し、話題を変えた。

「実はな矢吹どの。私は家主で蔵法師の仁左衛門どのに雇われ、ここの二つの蔵の番人をしているのだが、昨夜、盗賊どもが現れてな。何とか打ち払ったのだが、ご覧の通りの仕儀となった」

左内は悔しげに顔を歪《ゆが》めた。

「それは大変でしたね」

平八郎は眉をひそめた。

「うむ。盗賊どもは今夜も現れるやも知れぬ。それで矢吹どのにおいでいただいたのだ」

「そうでしたか……」

平八郎は、己が雇われた理由を知った。

「粗茶にございます」

おみよが茶を差し出した。

「かたじけない」

平八郎は茶を啜《すす》った。安茶だが、万吉や自分が淹《い》れる茶より美味《うま》かった。

「それで篠田さん。蔵には盗賊どもが欲しがるようなものでも入っているのですか」

「それなのだが、ここの蔵は貸し蔵でしてな。一番蔵には深川《ふかがわ》の米問屋和泉屋《いずみや》さんの米や穀物。二番蔵には廻船問屋の湊屋《みなとや》さんの昆布や乾《ほ》し鮑《あわび》や煎《い》り海鼠《なまこ》などが入っています」

「米や乾し鮑ですか……」

「左様。この通り……」

左内は、平八郎に帳簿を見せた。

帳簿には、荷の商品名と数量、出し入れの月日が几帳面《きちようめん》な文字で詳しく記されていた。

米や乾し鮑は確かに高値で売れるが、盗賊が押し込んで奪い盗るほどの物ではない。

平八郎は首を捻《ひね》った。

「いや、良く分かりました。それでは今日からよろしくお願いします」

平八郎は頭を下げた。

「いや、こちらこそよろしくお願いします」

左内は頭を下げた。

「それにしても矢吹どの。百五十文で良く引き受けてくれましたね」

左内は苦く笑った。

「えっ……」

平八郎は戸惑い、困惑した。

二百文は百五十文だった……。

困惑した平八郎の袖をおみよが素早く引いた。平八郎に閃《ひらめ》きが湧いた。

おみよが、左内に内緒で百五十文に五十文を足し、二百文にしたのだ。

「ええ。まあ。晩飯の他に夜食も付けて下さるそうでして……」

平八郎は笑った。

「そうですか……」

「こんにちは……」

若いお店者《たなもの》が入って来た。

「本所荒井町《あらいまち》の米屋升屋《ますや》の手代平吉《へいきち》にございます。米問屋の和泉屋さんから米を十俵買いまして引き取りに参りました。これが証文にございます」

「お預かりします」

おみよは、升屋の手代から証文を預かり、左内に渡した。左内は証文の『和泉屋』の主の署名捺印《なついん》を確認した。

「結構です。おみよ、一番蔵だ。立ち会いなさい」

「はい」

左内は蔵の鍵をおみよに渡した。

「よし。私も立ち会おう」

平八郎は立ち上がった。

「そうしていただけるとありがたい」

左内は安心したように頭を下げた。

米屋『升屋』の手代は、人足たちと米俵を運び出し、大八車に乗せて帰って行った。

平八郎とおみよは、手代と大八車を見送った。

「ご苦労さまでした」

おみよは平八郎を労《ねぎら》った。

「いやいや。一番蔵には米俵や穀物の入った叺《かます》か……」

平八郎は蔵の中を見廻した。蔵の中には、米俵と穀物入りの叺が天井近くまで積まれているだけで、変わった様子はなかった。

盗賊が狙うような変わった荷はない……。

平八郎とおみよは、一番蔵の大戸を閉めて頑丈な錠前を掛けた。

「そして、隣りが二番蔵か……」

「ええ。昆布や乾し鮑なんかの俵物が入っています」

俵物とは、乾し鮑、煎り海鼠、鱶《ふか》の鰭《ひれ》などの高価な水産物を称した。

「盗賊が狙うとしたら俵物かしら……」

おみよが睨《にら》んでみせた。

「いや。盗賊が狙うのは、金か運びやすい金目の物。米俵や俵物を狙うとは思えないな」

「そうよね。分け前はお米が一人三俵ずつだなんて事になったら大変だものね」

おみよは感心したように頷いた。

「ああ……」

平八郎は笑った。

篠田左内は、家主で蔵法師の仁左衛門に貸し蔵の管理を任されていた。貸し蔵には、米問屋や海産物問屋などが、自分の蔵に余る荷を預けていた。

大川に船着場を持つ蔵に借り手は多く、常に荷物で一杯だった。その蔵が盗賊に押し込まれたとなると信用は落ち、番人の篠田左内は首になるのは必定《ひつじよう》だ。首になれば、篠田左内とおみよ父娘の質素な暮らしは崩れ、ささやかな幸せは失われてしまう。

平八郎は左内の立場に思いを馳せ、おみよと番小屋に戻った。

「平八郎さん」

「なんだ」

「お給金が二百文ってのは、父上には内緒ですよ」

「じゃあ五十文は……」

「私のへそくりです」

おみよは子供っぽく笑った。おそらく、おみよは父親の仕事を手伝い、僅かな小遣いを貰っているのだろう。そして、それを貯め込んでおり、百五十文の給金の上乗せにしたのだ。

左内とおみよ父娘は、一所懸命に生きている……。

平八郎は微笑んだ。

「ところでおみよ坊、萬屋の万吉とはどのような関わりなのだ」

平八郎は、吝嗇な万吉が百文の自腹を切ったのが気になった。

「私も良く知らないけど、万吉のおじさんは父上に命を助けて貰った事があるらしいのよね」

左内は万吉の命の恩人……。

平八郎は、狸面の万吉の過去に暗い翳りの欠片《かけら》を見た。


大川にはさまざまな船が行き交っていた。

平八郎は、蔵の周囲を詳しく調べて盗賊の狙いを探った。だが、思いつく事はなかった。

駒形の伊佐吉や長次に訊くのが一番……。

平八郎は手紙を書き、浅草駒形にある『駒形鰻』の伊佐吉に届けてくれと、荷船の船頭に頼んだ。

本所尾上町から浅草駒形町までは、大川を遡《さかのぼ》ればすぐだ。

荷船の船頭は、空の船を操って船着場を出て行った。

おみよが汚れ物を持って来て、船着場の端で洗濯を始めた。

盗賊は大川か竪川から船で来る……。

平八郎は、二棟の土蔵と船着場が見通せる処を探し、見張り場所を作り始めた。

隅田川《すみだがわ》はさまざまな船が行き交い、小波《さざなみ》が煌めいていた。

夜、大川に船行燈《ふなあんどん》が浮かび、川面に灯《あか》りを映して行き交っていた。

平八郎と左内は、魚の煮付けと野菜の多い味噌汁で晩飯を食べた。

「こりゃあ、おみよ坊が作ったのか」

「他に誰が作るのよ」

おみよは頰をふくらませた。

「お口に合わないですかな」

左内は心配げな眼を向けた。

「いいえ。余りの美味さに驚いたんですよ」

平八郎は感心した。

「流石《さすが》は平八郎さんだ」

おみよは喜び、平八郎を誉めた。

左内は、苦笑して味噌汁を啜《すす》った。


晩飯を食べ終えた平八郎は、蒲団と枕を担いで昼間作った見張り場所に向かった。

大川の流れは月明かりに輝き、櫓《ろ》の軋《きし》みを静かに響かせていた。

平八郎は、板で囲って屋根をつけた仮小屋に入って蒲団を敷いた。

戌《いぬ》の刻五つ（午後八時）が過ぎた頃、おみよが握り飯と酒を入れた竹筒を持って来てくれた。

「こいつはありがたい」

平八郎は嬉しげに笑った。

「お酒、私は反対なんだけど、父上の云いつけですから。酔っ払わないで下さいよ」

おみよは不服気に告げた。

「うん。任せておけ」

平八郎は竹筒の酒を啜った。

夜を徹して見張る……。

平八郎は決めていた。

時は過ぎ、大川から櫓の軋みも消えていった。


夜は何事もなく明けた。

平八郎は、左内とおみよに声を掛けてお地蔵長屋に戻った。そして、長屋の朝の喧《けん》騒《そう》に包まれて眠った。

腰高障子が叩かれた。

平八郎は眼を覚ました。

陽は昇り、平八郎は昼間の暑さに寝汗をかいていた。

「誰ですか」

「長次ですよ」

腰高障子の外から長次の声がした。

「長次さんですか、どうぞ」

「ご免なすって……」

長次が入って来てあがり框に腰掛けた。

「おはようございます」

平八郎は起き上がり、蒲団を片付けた。

「起こしてしまいましたか……」

長次は、申し訳なさそうな顔をした。

「いえ。そろそろ起きなければならない時でしたから……」

「昨日の手紙、読みましたよ」

「で、どうですか」

平八郎は身を乗り出した。

「親分といろいろ考えたのですが、土蔵に押し込んで米や俵物を盗む盗賊なんて、今時聞いた事がありませんよ」

長次は困惑を浮かべた。

「やっぱりね」

「親分、高村さまにも訊いてみると云っています。そうすりゃあ、何か分かるかも知れません」

「造作を掛けます」

「で、昨夜はどうでした」

「変わった事は何もありませんでした」

「そいつは良かった。で、今夜も……」

「ええ。これから腹ごしらえをして行きます」

「あれ、雇われたのは夜廻りじゃあ……」

長次は眉をひそめた。

「実はね、長次さん……」

平八郎は、篠田左内とおみよ父娘の事を教えた。

「じゃあ、また来るかどうか分からない盗賊の為、平八郎さんをなけなしの金で雇ったってわけですか」

「ええ。左内さんとおみよ坊にしたら無駄金になるかも知れません。ですから、左内さんの仕事を出来るだけ手伝いますよ」

「そいつがいいですね」

長次は微笑み、頷いた。

平八郎は手早く飯を食べ、本所に行く仕度をした。


本所尾上町の蔵には、昼を過ぎても荷の出し入れが続いた。

平八郎は左内の指示を受け、荷物の持ち主と一緒に受け渡しを取り仕切った。

夕暮れ時、船着場の賑わいは終わった。

盗賊が人足に紛れ込み、土蔵に押し込む細工をしたかも知れない……。

平八郎は、土蔵の周囲を掃除しながら不審な処がないかを調べた。

「やあ、手伝っていただき、助かりました」

左内は礼を述べた。

「人足の中に盗賊がいたら面倒ですからね」

「で、どうだったの」

おみよは眉をひそめた。

「妙な奴はいなかったし、蔵の周りにも細工をした痕《あと》はなかったよ」

「よかった……」

おみよは胸を撫で下ろした。

平八郎は苦笑した。

夕陽は両国橋の向こうに沈み始めた。

二

小料理屋は静かに賑わっていた。

「いらっしゃいませ」

岡っ引・駒形の伊佐吉は女将《おかみ》の声に迎えられた。

「高村の旦那は……」

「はい。こちらにございます」

女将は、伊佐吉を奥の小座敷に案内した。

「親分さんがお見えになりました」

「おう」

小座敷から高村の返事がした。

女将が小座敷の襖《ふすま》を開けると、南町奉行所定町廻り同心の高村源吾が手酌で酒を飲んでいた。

「遅くなりまして……」

「まあ、入んな」

「御無礼します」

伊佐吉は高村の前に座った。

「女将、酒の熱いのと、肴《さかな》をみつくろってな」

「かしこまりました」

女将は襖を閉めて立ち去った。

「ま、一杯やってくれ」

高村は伊佐吉に猪口《ちよこ》を渡し、酒を満たしてやった。

「畏《おそ》れ入ります」

伊佐吉は酒を飲み、高村の猪口に酒を注いだ。

「それで旦那。昼間、お願いした事は……」

「うん。それなんだがな。筆頭同心の黒崎《くろさき》さんや臨時廻りの桜井《さくらい》さんに訊いたんだが、田舎《いなか》じゃあるまいし、江戸で米や乾し鮑を盗む盗賊なんて聞いた事がねえってよ」

高村は酒を飲んだ。

「桜井の旦那もご存じありませんでしたか……」

桜井庄五郎《しょうごろう》は、南町奉行所でも指折りの老練な臨時廻り同心だ。

「伊佐吉、そいつは本当に盗賊なのかな」

「と申しますと……」

「押し込みの狙い、米や乾し鮑の他にあるんじゃあねえのかな」

「他の狙い……」

「ああ。そいつが何かは分からねえが、米や乾し鮑を盗んだところで、下手に金に換えれば足がつくに決まっている。他に獲物がないわけじゃあないしな」

高村はそう睨み、手酌で酒を飲んだ。

「押し込み以外の狙いですか……」

伊佐吉は酒を啜った。

亥《い》の刻四つ半（午後十一時）。

本所竪川に微かな櫓の軋みが鳴った。

平八郎は、仮小屋を出て竪川を窺った。竪川の流れには月の光が映え、一《ひと》つ目《め》橋と二《ふた》つ目《め》橋が黒い影となって見えた。

平八郎は、竪川の暗がりに眼を凝《こ》らした。

二つ目橋の下に小さな明かりが揺れ、櫓の軋みが微かに鳴った。

船が来る……。

平八郎は緊張した。

船は舳先の船行燈を揺らし、二つ目橋を潜って来た。

一人、二人、三人、四人……。

船に乗っている人影は四人だった。

平八郎は、四人が何者か見定めようとした。

船は櫓の軋みを忍ばせ、一つ目橋を潜って物陰に潜む平八郎に近づいてきた。

乗っている四人の男は、黒装束を着て頬被りをしていた。

盗賊……。

盗賊の乗った猪牙舟《ちょきぶね》は、平八郎の前を通り過ぎて船着場に向かった。

平八郎は股立《ももだ》ちを取り、暗がり伝いに船着場に走った。

船着場に下り立った盗賊たちは、蔵の周囲に異常がないかどうかを見定めた。そして、足音を忍ばせて一番蔵に走った。

一番蔵には、米問屋『和泉屋』の米が収蔵されている。

盗賊たちは、一番蔵の大戸に張り付き、錠前を外し始めた。

「おのれ、盗賊」

平八郎の怒声が夜空に響いた。

盗賊たちは驚き、激しく狼狽《ろうばい》した。

暗がりから現れた平八郎は、木刀を握り締めて盗賊たちに立ち塞《ふさ》がった。

「手前、死にたいのか」

盗賊の一人が怒鳴り、脇差を振りかざして平八郎に突進してきた。

平八郎は盗賊を躱《かわ》しもせず、木刀を唸《うな》らせて真っ向から叩き伏せた。

盗賊は奇妙な呻《うめ》き声をあげ、押し潰されたように崩れた。

恐ろしいほど凄まじい一撃だった。

残った盗賊たちは怯《ひる》んだ。

「何処の盗人だ」

平八郎は盗賊たちに迫った。

盗賊たちは慌てて身を翻し、我先に大川に飛び込んだ。

水飛沫《しぶき》は夜目にも鮮やかに飛び散り、盗賊たちは大川の流れに消えていった。

平八郎は小さく息をついた。

「平八郎さん……」

おみよが物陰から恐る恐る顔を出した。

「おう。おみよ坊、明かりはあるかな」

「はい」

おみよは提灯《ちょうちん》を手にし、平八郎の傍に来た。

「照らしてくれ」

「はい」

おみよは、提灯を突き出して顔を背けた。

平八郎は倒れている盗賊の頬被りを取った。盗賊は額を割られ、すでに絶命していた。

「しまった……」

平八郎は思わず舌打ちした。

「死んでいるのですか……」

おみよは、顔を背けたまま恐ろしげに尋ねた。

「うん。盗賊どもを脅かそうと、ちょいと派手にやったのが拙《まず》かった。可哀想な事をしたな」

平八郎は悔やみ、手を合わせた。

おみよが慌てて真似をした。

盗賊たちは大川に逃げ、残されたものは死体と乗ってきた古い猪牙舟だけだった。

荷船が着き、荷揚荷降ろしが始まる前に調べを済ませなければならない。

夜が明けると、平八郎は左内とおみよに死んだ盗賊の面通しをさせた。二人は死んだ盗賊を知らなかった。

平八郎は伊佐吉に使いを走らせた。

本所と浅草駒形町は大川を隔《へだ》てて遠くはない。

伊佐吉は、長次と亀吉を従えて駆け付けて来た。

「現れましたか」

伊佐吉たちは篠田左内に挨拶をし、死んだ盗賊の顔を検《あらた》めた。盗賊の左頰に古い刀傷があった。

「どうだ親分」

「初めて見る顔です」

「そうか……」

伊佐吉たちは、盗賊が持っていた煙草入れと手拭《てぬぐい》、そして脇差を調べた。だが、盗賊の身許を教える物はなかった。

「親分、平八郎さん……」

長次が、盗賊たちが乗って来た古い猪牙舟の船尾から呼んだ。伊佐吉と平八郎は、猪牙舟の舫《もや》ってある船着場の端に走った。

「こいつを見て下さい」

長次は、猪牙舟の船尾に押されている焼印を示した。時を経て薄れている焼印は『船宿・川長《かわちよう》』と読めた。

「船宿川長か……」

伊佐吉は眉をひそめた。

「その辺から調べてみますか」

長次は吐息を洩らした。

江戸に船宿は何軒あるのか……。

「今のところ、それしかないか……」

「ええ……」

長次は己を励ますように頷いた。

江戸湊《えどみなと》から俵物を積んだ荷船がやって来た。

蔵の仕事が始まる。

調べはこれまでだった。

本所回向院《えこういん》は蔵のある尾上町に近い。伊佐吉は、亀吉に盗賊の死体を回向院に運んで人相書を作るように命じた。

「じゃあ、あっしは船宿川長を探します」

「うん。俺はこの事を高村さまに報せるよ」

伊佐吉たちは互いのやる事を決め、江戸の町に散って行った。

炊《た》きたての飯は湯気をあげていた。

「さあ、どうぞ」

おみよは、飯を盛った丼を差し出した。

「こいつは美味そうだ」

平八郎は、涎《よだれ》を垂らさんばかりの面持ちで箸《はし》を取った。

「今朝だけですからね」

おみよは釘を刺した。

「おみよ……」

左内が眉をしかめた。

「それにしても平八郎さん、良くやってくれました。礼を申す」

「いいえ。仕事をしたまでです」

平八郎は飯を食べ、豆腐とねぎの味噌汁を啜った。

三人は遅い朝飯を食べ始めた。

「平八郎さん、それで盗賊は一番蔵を狙ったのですな」

「ええ……」

「一番蔵は和泉屋さんの米が一杯だ。盗賊は和泉屋さんに恨みでもあるのかな」

「そういえば妙だな……」

平八郎は箸を止めた。

「何が妙なんですか」

おみよは首を傾げた。

「一番蔵を破って米俵を盗んだとしても、一人が一俵担ぐのがやっと。猪牙舟に乗せたところでたかが知れている……」

左内とおみよは頷いた。

「だとすると……」

平八郎は思いを巡らせた。

「お米を盗みに来たんじゃあない……」

おみよは、戸惑ったように平八郎と左内を見た。

「うん。そして、ひょっとしたら奴らは盗賊じゃあないのかも知れない」

平八郎は睨んだ。

「だったら何しに……」

左内は困惑を浮かべた。

「そいつを突き止める前に、先ずは朝飯を食べてしまいましょう」

平八郎は、丼飯に味噌汁を掛けてかき込んだ。

南町奉行所同心詰所の番茶は出涸《でが》らしだった。

高村は、出涸らしの番茶を頓着《とんちゃく》なく啜った。

「そうか、盗賊は現れたか……」

「ええ。四人、竪川の奥から猪牙舟で来ましてね。平八郎さんに一人叩きのめされ、残りは慌てて大川に逃げ込んだそうです」

「木刀で一撃か……」

「はい」

「そいつは気の毒というか、運の悪い盗賊どもだぜ」

高村は冷たく突き放した。

「じゃあ、平八郎さんが盗賊を殺《あや》めた件は」

「相手は盗賊。お咎《とが》めなしのご褒美《ほうび》ものだ」

高村は苦笑した。

「ありがとうございます」

「それより伊佐吉。その蔵には盗賊が二度も狙うほどのお宝が入っているのかい」

「いいえ。盗賊が忍び込もうとしていた蔵には、米俵が入っているだけですよ」

「米俵ねえ……」

高村は首を捻った。

「そういえば、二度も押し込んで狙うほど拘《こだわ》る物じゃありませんね」

伊佐吉は身を乗り出した。

「ああ。それとも米俵にお宝が入っていて、盗賊はそいつを狙って押し込んだ」

高村は睨んでみせた。

「旦那……」

「よし。その辺を調べてみよう」

高村と伊佐吉は南町奉行所を後にした。


深川・仙台堀《せんだいぼり》は、大川と交わる掘割《ほりわり》の傍に仙台藩江戸下屋敷があったところからつけられた名である。

米問屋『和泉屋』は、その仙台堀沿いの伊勢崎町《いせざきちょう》に暖簾を掲げていた。

平八郎は、家主で蔵法師の仁左衛門と一緒に『和泉屋』の主・五兵衛《ごべえ》を訪れた。

「手前どもの米俵が入った蔵が盗賊に狙われている……」

五兵衛は驚き、眼を見開いた。

「ええ。一度目は左内さんが怪我をしながら追い払い。二度目の昨夜は、こちらの平八郎さんが追い返しましてね」

仁左衛門が経緯《いきさつ》を教えた。

五兵衛は、呆然とした面持ちで話を聞いた。

驚きに嘘偽りはない……。

平八郎はそう見た。

「それで五兵衛さん、盗賊が米俵を狙う心当たり、ありませんかな」

「さあ、心当たりなど……」

五兵衛は困惑した。

「じゃあ、誰かに恨まれているとかはないですか」

平八郎は遠慮をしなかった。

「恨みですか……」

「はい」

「そりゃあ商いをしていれば、気付かぬ内に恨みを買う事もございましょうが、心当たりはございませぬ」

「そうですか……」

平八郎は少なからず落胆した。

「それにこう申してはなんですが、尾上町の蔵の米の全部を盗まれたとしても、この和泉屋の身代が傾くものではありません。恨みを晴らすにしてはねえ」

五兵衛は戸惑いを滲《にじ》ませた。

「そうでしょうねえ……」

仁左衛門が頷いた。

盗賊は『和泉屋』に恨みを晴らす為、蔵を狙ったのではない。そうだとしたら、蔵を狙い続ける理由は何なのだ。

平八郎は思いを巡らせた。

「旦那さま……」

座敷の外に番頭がやって来た。

「どうしました」

「はい。只今、南の御番所の高村さまがお見えにございます」

「南の御番所の高村さま……」

五兵衛は戸惑いを浮かべた。

「定廻りの同心の旦那ですよ」

平八郎が教えた。

「そうでございますか。番頭さん、すぐにお通ししなさい」

番頭は返事をして立ち去った。

「お知り合いなのですか、平八郎さん」

仁左衛門が尋ねた。

「はい」

高村は、伊佐吉から盗賊の押し込みを知らされ、何か気が付いてやって来たのだ。

五兵衛と仁左衛門は下座に下がり、高村の来るのを待った。

「邪魔するぜ」

高村が伊佐吉を従えてやって来た。

高村と伊佐吉、そして五兵衛と仁左衛門は互いに自己紹介をした。

「やあ、話は親分から聞いたよ」

高村と伊佐吉は、平八郎に親しげに笑い掛けた。

「造作を掛けます」

平八郎は迎えた。

「なあにお役目だ。で、そっちは……」

「二度も狙われたとなると、恨みかなと思いましてね」

「うん。で……」

高村と伊佐吉は、話の先を促した。

「そいつはないようです」

平八郎は告げた。

「そうか……」

高村は頷いた。

「それで高村さま。御用とは……」

五兵衛が遠慮がちに尋ねた。

「うん。それなんだがな五兵衛。尾上町の蔵に入れてある米俵には、米の他にどんなお宝が入っているんだい」

高村は冷たく五兵衛を見据えた。

「えっ……」

五兵衛は驚いた。

米俵には米の他にお宝が入っており、盗賊はそれを狙って押し込もうとした……。

平八郎は高村の睨みに気付き、伊佐吉に視線を送った。

伊佐吉は僅かに頷いてみせた。

「たとえば値の張る古美術品か御禁制の品。盗賊どもは、そいつを狙って二度も押し込んできた。違うかい」

「め、滅相もございませぬ。高村さま……」

五兵衛は激しく狼狽した。

仁左衛門は、恐ろしげに眉をひそめた。

「だったら五兵衛。これから尾上町の蔵に入っている米俵を調べさせて貰うぜ」

「は、はい。お疑いが晴れるなら、お気の済むまでお調べ下さい」

五兵衛は高村の突然の疑いに驚き、必死に晴らそうとした。

「聞いての通りだ伊佐吉。これから尾上町の蔵に行き、和泉屋の米俵を残らず開けて確かめてみるぜ」

「はい」

伊佐吉は頷いた。

「よし。仁左衛門、お前さんは証人として一緒に来て貰う」

「畏《かしこ》まりました」

仁左衛門は戸惑いながら頷いた。

高村と伊佐吉は、仁左衛門を連れて『和泉屋』を出た。平八郎は続いた。

「伊佐吉……」

高村は伊佐吉に目配せをした。

「はい」

伊佐吉は頷いて路地に消えた。

「さあ、行くぜ」

高村は、仁左衛門や平八郎と本所尾上町に向かった。

平八郎は、高村が『和泉屋』五兵衛の出方を窺っているのに気付いた。伊佐吉は、それを見届ける為、『和泉屋』に張り付いたのだ。

「いい天気だなあ」

高村は、青空を眩しげに眺めた。

平八郎は苦笑した。


船宿『川長』……。

長次は、伊佐吉の実家である老舗鰻屋『駒形鰻』が昵懇《じっこん》にしている浅草駒形町の船宿を訪ねた。

「船宿川長ねえ……」

船宿の女将は首を捻《ひね》った。

「ご存じありませんか」

長次は落胆した。だが、探索は始まったばかりだ。長次は己に言い聞かせた。

「いえね。知らないんじゃあなくて、知っているのよ。三軒ほど……」

「三軒……」

長次は戸惑った。

「花川戸《はなかわど》の川長に薬研堀《やげんぼり》の川長。それに、確か小網町《こあみちょう》にも川長があったと思ったけど……」

女将は自信なさげに告げた。

船宿『川長』は三軒あった。

長次は女将に深々と頭を下げ、弾む足取りで花川戸の『川長』に向かった。

三

尾上町の蔵は荷揚荷降ろしも終わり、昼下がりの長閑《のどか》な時を迎えていた。

平八郎とようやく歩けるようになった左内は、一番蔵の錠前を外して大戸を開けた。

暗い蔵の中には、米問屋『和泉屋』の米俵と叺がぎっしりと積まれていた。見える限りの米俵と叺に変わったところはない。

高村は積み上げられた米俵を見上げ、吐息を洩らした。

「高村さま、これだけの米俵を調べるとなると、人足の手を借りなければなりません。急いで集めますので少々お待ち下さい」

仁左衛門が告げた。

「それには及ばないぜ」

高村は苦笑した。

「えっ……」

仁左衛門は戸惑った。

「もし、米俵に何か隠してあったら、和泉屋の五兵衛が慌てて動いて教えてくれる。調べるのはそいつを見定めてからだ」

平八郎が睨んだとおりだった。

高村は、『和泉屋』五兵衛の動きを見定めようとしたのだ。

「それで、伊佐吉親分が和泉屋に残ったわけですね」

「ああ。五兵衛が動くかどうか見定める為にな」

「そうでしたか……」

仁左衛門と左内は、呆気にとられて顔を見合わせた。

「それにしても、仮に米俵にお宝を隠してあっても、夜の夜中にそいつがどれか見定めるのは容易じゃあねえな」

高村は眉をしかめた。

「ええ。盗賊が幾ら夜目が利いたとしても無理でしょうね」

平八郎も同感だった。

「平八郎さん、和泉屋五兵衛が怛まれている様子はねえんだな」

「私にはそう見えましたが……」

平八郎は頷いた。

「恨まれてもいなく、お宝でもねえとなったら……」

高村は思いを巡らせた。

「高村さん、何事も和泉屋の旦那の動きを見定めてからですよ」

平八郎は笑った。

「ああ、その通りだな」

高村は苦笑いした。


大川に架かる吾妻橋《あずまばし》には、浅草浅草寺《せんそうじ》への参拝客が行き交っていた。

長次は行き交う人々の間を横切り、大川沿いの道を足早に進んだ。そこはもう花川戸であり、川端には数軒の船宿の暖簾が揺れていた。

長次は、船宿『川長』の暖簾を潜った。

「猪牙舟ですか……」

船宿『川長』の旦那は、戸惑いを浮かべた。

「ええ。盗まれたか、なくなった猪牙はありませんか」

「なくなった猪牙なんてありませんが……」

「じゃあ、古くなったので誰かに譲ったとかは……」

長次は食い下がった。

「そいつもありませんが、猪牙がどうかしたのですか」

旦那は眉をひそめた。

「ええ。実は船宿川長って焼印の押された古い猪牙が、柳橋に流れ着きましてね。それで、ちょいと……」

長次は言葉を濁した。

本当の事を云い、万が一にも盗賊に洩れるのを恐れた。

いずれにしろ盗賊が乗って来た猪牙舟は、花川戸の船宿『川長』のものではなかった。

長次は、旦那に礼を述べて船宿『川長』を後にした。

大川にはさまざまな船が行き交い、川風が心地良く吹き抜けていた。

長次は、二軒目の船宿『川長』のある両国薬研堀に急いだ。

深川伊勢崎町の米問屋『和泉屋』は、高村たちが帰った後も変わりはなかった。

客が出入りし、奉公人や人足たちが忙しく働き、五兵衛が出掛ける様子もなかった。

伊佐吉と亀吉は、『和泉屋』の斜向かいの蕎麦屋《そば》の二階から見張りを続けた。

「親分、和泉屋の旦那。やっぱり押し込みには関わりないんじゃあないですか」

亀吉は、『和泉屋』を見張りながら生欠伸《なまあくび》を噛み殺した。

「俺もそう思うが、慌てるんじゃあねえ。ひょっとしたら、日が暮れるのを待っているのかも知れないぜ」

伊佐吉は慎重だった。

太陽は西に廻り、大川の向こうに沈み始めた。


本所尾上町の蔵は夕陽に染まり始めた。

「和泉屋に動きはないようだな」

高村は、大川の向こうに沈んで行く夕陽を眩しげに眺めた。

五兵衛は出掛けず、何らかの理由をつけて米俵を運び出そうともしない。

「もし、旦那が動くとしたら夜じゃあないでしょうか」

平八郎と高村は、船着場の縁台に腰掛けて夕陽を浴びていた。

蔵法師で家主の仁左衛門は家に帰り、左内とおみよは番小屋に戻っていた。

「平八郎さん、正直なところ、今度の盗賊、どう思う」

「そいつが良く分からないんですが、どうも只《ただ》の盗賊には思えないんですよ」

平八郎は眉をひそめた。

「只の盗賊じゃあねえ……」

「ええ。昨夜の四人。まとまりが悪いというか、我先に逃げましてね。なんだか、頭《かしら》がいないように見えました」

「頭がいない……」

高村は眉をひそめた。

徒党を組む盗賊に頭がいないはずはない。

「ええ。そんな風に……」

平八郎は頷いた。

「そうか……」

高村は思いを巡らせた。

「押し込みの狙い、米でもお宝でもないとしたらどうなりますかね」

「押し込みの他の狙いねえ……」

「ええ……」

平八郎と高村は、押し込みの他の理由を探した。

蔵に関わっている者は、持ち主と家主で蔵法師の仁左衛門。そして、仁左衛門に雇われている蔵番の篠田左内の三人だ。

「そういやあ、この貸し蔵の持ち主、何処の誰なんだい」

「そいつは聞いていませんでした」

平八郎は己の迂闊《うかつ》さを恥じた。

二人は、蔵の持ち主が誰か、左内に訊く為に立ち上がった。

大川の流れは夕陽に染まり、赤く煌めいた。

両国薬研堀の船宿『川長』でも、猪牙舟はなくなってはいなかった。

長次は女将に礼を述べ、三軒目の日本橋小網町にある船宿『川長』に急いだ。

大川は、夕暮れと夜の狭間の青黒さに覆《おお》われ始めていた。

米問屋『和泉屋』は暖簾を仕舞い、大戸を閉めて夜の静寂に包まれた。

深川浄心寺《じょうしんじ》の鐘が戌の刻五つ（午後八時）を告げた。

「よし。五兵衛は、今夜、もう動かないだろう。俺は高村の旦那に逢って来る。お前はこのまま和泉屋を見張ってな」

「承知しました」

伊佐吉は、亀吉が絵師に頼んで描かせた死んだ盗賊の似顔絵を懐に入れ、蕎麦屋の二階を降りた。

貸し蔵の持ち主が誰か、左内は詳しく知らなかった。

高村は、家主で蔵法師の仁左衛門の家に向かった。

家主の仁左衛門は、貸し蔵の持ち主に蔵法師として雇われており、知らぬはずはない。

高村は仁左衛門の家に急いだ。

平八郎は、おみよの作った晩飯を食べ、仮小屋で蔵の見張りについた。

事件は只の盗賊の押し込みではなく、背後に思わぬものが潜んでいるのかも知れない。

それが何か……。

平八郎は、眼の前の暗がりにそれを探した。

夜の闇と川の流れる音が、平八郎を静かに包んでいた。

蔵法師の仁左衛門は、蔵の持ち主の名を容易に明かさなかった。

「仁左衛門、お前さんが黙っていてもいずれは分かることだ。これ以上、ぐずぐず云うと大番屋に来て貰うぜ」

高村は、仁左衛門を厳しく見据えた。

「高村さま……」

仁左衛門は項垂《うなだ》れた。

「貸し蔵の持ち主、誰なんだい」

「あの蔵は元々日本橋の酒問屋の蔵でしたが、借金の形に手放して、今の持ち主は谷《や》中《なか》の法正寺のご住職にございます」

「法正寺の住職だと……」

「はい。ご住職の浄念《じようねん》さまにございます」

「その浄念が、貸し蔵の持ち主は、意外にも浄念という法正寺の住職だった。

尾上町の貸し蔵の持ち主は、意外にも浄念という法正寺の住職だった。

高村は少なからず驚いた。

家主の仁左衛門は、その浄念から蔵法師に雇われ、その実務を篠田左内に託しているのだ。

「それにしても、法正寺にはお大尽の檀家《だんか》でもいるのかい」

「いいえ……」

「じゃあ、蔵を買った金は何処から出たんだい」

「浄念さまは金貸しをしているのです」

「金貸し。高利貸しか……」

仁左衛門は頷いた。

法正寺住職の浄念……。

二度に亘《わた》る尾上町の貸し蔵への盗賊の押し込みは、ようやくその背後に潜む者の姿を見せた。

高村は、事態が僅かに進んだのを感じた。


日本橋小網町の東堀留川《ひがしほりどめがわ》に架かる思案橋《しあんばし》の傍に三軒目の船宿『川長』はあった。

船宿『川長』は、夜の舟遊びの客で賑わっていた。

長次は、『川長』の女将のおとよに猪牙舟がなくなってはいないか尋ねた。

「あら、親分さん。うちの猪牙、見つかったんですか」

女将のおとよは声を弾ませた。

盗賊どもが乗り捨てた猪牙舟の持ち主がようやく見つかった……。

長次は頷き、猪牙舟がなくなった経緯を尋ねた。

「それがね。二ヶ月ほど前、船頭の一人が病に罹《かか》りましてね。それで、重吉《じゆうきち》って船頭を雇ったのですが、その重吉が飲む打つ買うの三拍子揃ったろくでなし。そのうち、猪牙舟でお客を送っていったきり、消えちまったんですよ」

「って事は、重吉って船頭に持ち逃げされた猪牙舟ってわけだ」

「ええ。もっとも持ち逃げされたのは、猪牙だけじゃあなく店のお金もですよ」

「金もですかい」

長次は眉をひそめた。

「ええ。悔しいったらありゃあしない」

「で、その重吉って船頭の身許は……」

「それが、船頭たちの伝手《つて》を頼って雇ったものでしてね。本所の賭場に出入りしているとか、深川の岡場所に馴染《なじ》みの女がいるとか。それぐらいしか分からないんですよ」

おとよは悔しげに吐き棄てた。

船頭の重吉……。

おそらく、平八郎に撃退された盗賊の一人なのだ。

長次はようやく手掛かりを摑んだ。

日本橋川から大川に続く東堀留川の流れには、行き交う船の船行燈の灯りが揺れていた。


法正寺は、富籤《とみくじ》で名高い天王寺《てんのうじ》近くの谷中八軒町《はちけんちょう》にあった。

高村は、住職の浄念の身辺と法正寺の周囲を調べた。

住職の浄念の評判は悪くなく、裏で高利貸しをしているのを知っている者はいなかった。

寺や坊主の支配は寺社奉行であり、町奉行所の管轄外《かんかつがい》だ。

高村は慎重に調べ続けた。


長次は、死んだ盗賊の似顔絵を船宿『川長』の女将・おとよに見せた。死んだ盗賊は、猪牙舟を持ち逃げした船頭の重吉ではなかった。

長次は伊佐吉と相談し、本所の賭場や深川の岡場所に重吉の行方を追った。

本所尾上町の貸し蔵に変わった事はなく、平穏な日々が続いた。

左内の脚の傷も治り、少しずつ蔵番の仕事に戻り始めた。

左内が働けるようになれば、平八郎の役目は終わる。

平八郎は盗賊が気になった。だがこれ以上、左内おみよ父娘に金の負担は掛けられない。平八郎は、左内に仕事を辞めると告げた。

「そうですか……」

左内は、申し訳なさそうに頷いた。

「平八郎さん、いろいろお世話になりました。これを……」

おみよは、銭差《ぜにさし》に通した文銭の束を差し出した。

「かたじけない。確かに。おみよ坊、また何か用があったら呼んでくれ」

「はい。きっと……」

おみよは淋しげに笑った。

僅かな時の触れ合いだったが、左内とおみよ父娘との出逢いは楽しいものだった。

平八郎は、給金を懐にして両国橋を渡った。

おみよの平八郎を呼ぶ声が聞こえた。

平八郎は振り返った。

大川の向こうに尾上町の貸し蔵と船着場が見えた。そして、おみよが船着場で大きく両手を振っていた。

平八郎は大きく手を振り返した。


神田明神門前の居酒屋『花や』は、仕事帰りの職人やお店者で賑わっていた。

平八郎は隅に座り、女将のおりんの酌で酒を飲んだ。

「美味い……」

酒は平八郎の身体に染み渡った。

「久し振りね」

「うん。貸し蔵の夜の見張り番をしていてな。今日で終わった」

「あら。それじゃあお酒、満足に飲めなかったわね」

「ああ。今夜は飲むぞ。じゃんじゃん持って来てくれ」

「はいはい」

おりんは苦笑し、板場に入って行った。

平八郎は、顔見知りの常連客と冗談を云い合いながら酒を飲んだ。夜は賑やかに過ぎていった。

お地蔵長屋はまだ眠りに包まれていた。

平八郎は、『花や』が暖簾を仕舞うまで酒を楽しみ、真夜中に長屋に戻った。久し振りに堪能した酒は、平八郎に着替える間を与えず眠りに引き入れた。

半鐘《はんしょう》の音が、遠くから夜風に乗って聞こえてきた。

平八郎は眠り続けた。

「平八郎さん」

下っ引の亀吉が飛び込んで来て、眠っている平八郎を激しく揺り動かした。

「うん……」

平八郎は眼を覚ました。

亀吉の血相を変えた顔が眼の前にあった。

「あれ、亀吉さんか……」

平八郎は酒臭い息を吐いた。

「尾上町の貸し蔵に火を付けられました」

「なんだと」

平八郎は跳ね起きた。

「左内さんとおみよ坊は無事ですか……」

平八郎は身を乗り出した。

「そいつが分からないんです」

亀吉の顔が、泣き出さんばかりになった。

「行こう」

平八郎は、刀を取って家を出た。足元が酒の酔いにふらついた。

「おのれ……」

平八郎は井戸端に走り、水を頭から何杯も被った。

冷たい水は平八郎の酔いを醒《さ》まし、大きく手を振るおみよの姿を蘇《よみがえ》らせた。

平八郎と亀吉は、夜明け前の町を猛然と駆け出した。

四

本所尾上町の貸し蔵からは、火の消えた後の煙が立ち昇っていた。

流石に蔵は外壁だけが燃え、中に火は廻っていなかった。だが、左内とおみよの暮らす番小屋は跡形もなく燃え落ちていた。

火消し人足と後片付けの人足たちが忙しく働いていた。すでに野次馬は消え、火事場には高村が蔵法師の仁左衛門と一緒にいた。

「高村さん……」

平八郎は息を荒く鳴らした。

「やあ……」

高村は、憮然《ぶぜん》とした面持ちで平八郎を迎えた。

「左内さんとおみよ坊は……」

「そいつが、どうなったかまだ分からないんだ」

高村は怒ったように告げた。

平八郎は焦りを覚えた。

「旦那……」

火消し人足が駆け寄って来た。

「駒形の親分が来てくださいと……」

高村と平八郎、そして仁左衛門が火消し人足に案内されて蔵に向かった。

伊佐吉と人足たちが、蔵の軒下から燃え残った板などを退かしていた。そこは、平八郎が作った仮小屋だった。

伊佐吉は、平八郎を一瞥《いちべつ》して高村に報告した。

「篠田左内さまとおみよちゃん、ここに……」

「うん」

高村と平八郎は、仮小屋のあった場所を覗いた。

左内は、おみよを庇《かば》うように抱きかかえて死んでいた。

「左内さん、おみよ坊……」

平八郎は呆然と呟いた。涙が落ちた。瞬きもしない眼から涙が次々と零《こぼ》れ落ちた。

高村は、左内とおみよの死体を検めた。

「左内さん、背後から袈裟懸けに斬られ、止めを刺されている」

「ええ。きっと、おみよちゃんを庇っている内に斬られたんでしょうね」

「うん。おみよは背中を斬られている。左内さん、それでおみよを抱いて庇った……」

「それからですかね。火を付けたのは……」

「火が付けられたのに気付き、消そうとしたところを襲われたのかも知れん」

「下手人、押し込もうとした盗賊どもでしょうね」

「ああ。間違いあるまい」

伊佐吉と高村は凶行の様子を読んだ。

「高村さま……」

仁左衛門が蔵の中から戻って来た。

「どうだ」

「見たところ、米俵も乾し鮑や煎り海鼠も盗まれた様子はございません」

「盗まれていねえか……」

「はい」

「じゃあ高村さん、盗賊どもは何の為に左内さんとおみよ坊を殺し、火を放ったのですか」

平八郎は声を震わせた。

「さあな……」

高村は眉をひそめた。

「斬ってやる。盗賊どもを叩き斬って皆殺しにしてやる」

平八郎は湧きあがる怒りを抑え、左内とおみよの仇《かたき》を討つ決意をした。

「平八郎さん。気持ちは分かりますが、こいつはお上の御用だ。早まった真似は迷惑だぜ」

伊佐吉は戸惑いを滲《にじ》ませ、厳しく釘を刺した。

「親分。おみよ坊はまだ十歳だった。十歳の子供だった。それを……」

平八郎は怒りを露《あら》わにした。

「そいつが迷惑なんです」

伊佐吉は撥《は》ねつけた。

「親分……」

平八郎は苛立った。

「平八郎さん、お前さんの役目は終わったんだ。もう、口を出さないで下さい」

「高村さん……」

平八郎は、高村に助言を求めた。

「平八郎さん、伊佐吉の云う通りだ。探索は仇討ちじゃあねえ。私情を挟むのならこの一件から手を引いて貰うよ」

高村は静かに告げた。

平八郎は項垂れた。

焼け跡に漂う煙が眼に滲み、焦げ臭い匂いが鼻をついた。

平八郎は立ち尽くした。

回向院の墓地に読経《どきょう》が流れた。

左内とおみよの弔《とむら》いは、家主で蔵法師の仁左衛門によって行われた。

参列者は、平八郎の他に僅かな人数だった。左内とおみよ父娘に親類はなく、その過去は良く分からなかった。

左内とおみよは一緒に葬られ、淋しい弔いは終わった。

平八郎は墓の前に立ち尽くした。

「平八郎さん……」

口入屋『萬屋』の万吉が背後にいた。

「来ていたのですか」

「ええ……」

万吉は、狸面を強張《こわば》らせて頷いた。

「それで、ちょいとお話があるんですが……」

万吉は、平八郎を回向院門前の蕎麦屋に誘った。

平八郎と万吉は、左内とおみよ父娘を偲《しの》んで酒を飲んだ。

酒には哀しみの味がした。

「それで、話ってのは何ですか」

平八郎は猪口を置いた。

万吉は五枚の小判を差し出した。

「これは……」

平八郎は眉をひそめた。

「左内さまとおみよ坊を殺めた下手人、叩き斬って下さい」

万吉は、平八郎に頭を下げた。

「親父……」

平八郎は戸惑った。

「事が成就したらあと五両お支払いします」

「親父さん、左内さんとどのような関わりがあったんだ」

平八郎は、万吉の猪口に酒を満たした。

「平八郎さん。その昔、私にもいろいろありましてね。博奕《ばくち》打ちに簀巻《すま》きにされて殺され掛けた時、左内さまにお助けいただいたんですよ」

万吉は、暗い眼差しで遠い昔を思い出した。

「恩返しですか……」

「そんな上等なもんじゃありません。借りを返すだけです」

万吉は、悔しげに猪口の酒を呷《あお》った。

「こいつは受け取れん」

平八郎は五両の金を押し戻した。

「平八郎さん……」

万吉は、暗い眼を針のように細めた。一瞬、凶暴な匂いが過《よぎ》った。

平八郎は、万吉の隠されている一面を見た。

「親父、金など無用だ。俺は左内さんとおみよ坊の仇を必ず討つ」

「平八郎さん……」

「必ず下手人を叩き斬って、左内さんとおみよ坊の恨みを晴らしてやる」

平八郎は、酒を手酌で猪口に満たして飲み干した。

本所の賭場は、旗本の中間部屋や荒れ寺が多かった。

伊佐吉、長次、亀吉は、似顔絵の盗賊と船頭の重吉を本所の賭場に探し廻った。

谷中法正寺の住職・浄念は、表向きは物静かな人徳者だとされている。だが、裏では密《ひそ》かに高利貸しをし、尾上町の貸し蔵の持ち主となっていた。

法正寺の裏には二軒の家作《かさく》があり、そこには数人の浪人が暮らしていた。おそらく浪人たちは用心棒として雇われているのだ。

それは、高利貸しとしての浄念の悪辣《あくらつ》さの証拠でもあった。

高村はそう睨み、高利貸しとしての浄念の身辺を調べた。

高利貸しとしての浄念は、別人のような非情さとあくどさを秘めていた。

浄念の金の貸し方は所謂《いわゆる》〝座頭金〟が主だった。

〝座頭金〟とは、十両を貸す時、利息を前取りして約九両一朱ほどを渡し、一年で元利ともで二十両を返済するものだ。

浄念は、そうした〝座頭金〟とは別に大店や武家に対し、土地や屋敷の沽券状《こけんじょう》、刀剣や茶道具などを担保に取って半年の期限の高利で大金を貸していた。そして、返済ができない時には、情け容赦なく取り上げた。担保を取り上げられた商人の中には、女房や娘を女衒《ぜげん》に売り飛ばされたり、自害に追い込まれた者が大勢いた。

浄念を恨んでいる者は多い……。

本所尾上町の貸し蔵も、日本橋の酒問屋から借金の担保として取り上げたものだった。

左内おみよ父娘を殺し、貸し蔵に火を放ったのは、そうした浄念を恨んでいる者の仕業なのかも知れない。

高村は浄念に探りを入れた。だが、浄念は惚《とぼ》け、町奉行所の同心にとやかく云われる筋合いはないと嘯《うそぶ》いた。

高村は、遅々として進まない調べに苛立った。


探索から外された平八郎に、新たな情報は入ってこなかった。

平八郎は焦り、苛立った。

左内とおみよ父娘が殺され、蔵に火を放たれた後、米問屋『和泉屋』と廻船問屋『湊屋』は燃え残った貸し蔵から早々に荷を運び出した。

盗賊に三度も襲われ、番人父娘を殺された貸し蔵……。

曰《いわ》くのある貸し蔵を借りる者は、最早誰もいない。

家主で蔵法師の仁左衛門は、人足を雇って貸し蔵を打ち壊し始めた。勿論《もちろん》、そう決めたのは貸し蔵の持ち主なのだ。

貸し蔵の跡地に女郎屋が建つという噂が流れた。

貸し蔵の持ち主にしてみれば、米問屋『和泉屋』と廻船問屋『湊屋』を一文の立退き料も払わずに追い出した形になった。

貸し蔵の跡地に女郎屋を建てたり、売ったりすればその儲《もう》けは莫大《ばくだい》なものになる。

まさか……。

平八郎の睨みは、意外な方向に進んだ。だが、それを確かめる手立てはなかった。

火付けは、貸し蔵の持ち主を恨んでの凶行かも知れない。いずれにしろ、貸し蔵の持ち主が、何処の誰か突き止めるのが先決だ。

どうすればいいんだ……。

平八郎に残された手立ては、最早非常手段しかなかった。

貸し蔵の壁は、轟音と土埃《つちぼこり》を巻き上げて崩れ落ちた。

人足たちは、家主で蔵法師の仁左衛門の指示で忙しく働いていた。

「仁左衛門さん……」

「こりゃあ平八郎さん」

仁左衛門は、左内おみよ父娘が無残に殺されたのも忘れたかのような笑顔で平八郎を迎えた。

「貸し蔵の持ち主は誰なんですか」

平八郎は静かに尋ねた。

「平八郎さん……」

仁左衛門は眉を曇《くも》らせた。

「誰なのか教えて下さい」

「それは……」

仁左衛門に怯《おび》えが浮かんだ。

「教えられませんか……」

平八郎は微笑み、刀を抜いた。刀は日の光を浴び、眩しく輝いた。

「へ、平八郎さん……」

仁左衛門は恐怖に震え、周囲にいた人足たちは立ち竦《すく》んだ。

「貸し蔵の持ち主、何処の誰なんですか……」

平八郎は、仁左衛門の首筋に無造作に刀の刃を当てた。

仁左衛門は思わず身を引こうとした。

「動くな」

平八郎は厳しく制止した。

仁左衛門は凍てついた。

「私が動いてもお前さんが動いても、お前さんの首の血脈は斬れる。我慢比べです」

平八郎は笑った。

仁左衛門の喉《のど》が小刻みに震えた。

「法、法正寺の浄念さまです……」

仁左衛門は吐いた。

平八郎は、谷中法正寺の住職浄念が、裏で高利貸しをしており、貸し蔵の持ち主だと聞き出した。

法正寺の浄念……。

すでに高村は知っている。だが、浄念に変わったところはない。

町奉行所同心の高村は、寺の住職である浄念を締め上げる事は出来ないでいる。

平八郎はそう睨んだ。

だが、俺は違う。俺は名もない一介の素浪人だ……。

平八郎は、仁左衛門の首から刀を外した。

仁左衛門は、詰めていた息を大きく吐き出し、その場に崩れ込んだ。

平八郎は、谷中法正寺に向かった。

小網町の船宿『川長』の船頭重吉は、本所の賭場の何処にもいなかった。見つからないのは、平八郎に殴られて死んだ盗賊も同じだった。

伊佐吉、長次、亀吉の探索は虚《むな》しく時を刻んで行った。

「船頭の重吉なら、借金を作ってとっくに本所から逃げ出したぜ」

長次は、ようやく船頭の重吉を知っている人足を見つけた。

「重吉を知っているのか」

長次は身を乗り出した。

「ああ。昔、本所の賭場に出入りしていたからな」

人足は、長次の振舞った冷や酒を啜った。

「それで重吉の野郎、何処に逃げたか分かるか」

「谷中で見掛けたって聞いた事があるぜ」

「谷中……」

「ああ……」

人足は頷いた。

谷中には、貸し蔵の持ち主である高利貸しの寺の住職がいる。

長次は、人足に冷や酒をもう一杯振舞い、谷中に急いだ。

谷中法正寺は山門を閉め、関わりのない者の出入りを拒んでいた。

平八郎は、法正寺と住職浄念の評判を訊き歩いた。

法正寺の住職浄念は、裏で高利貸しをしているのを隠し、人徳者と思われていた。

そして、寺の裏には家作があり、浪人や遊び人たちが暮らしているのを知った。

浪人と遊び人……。

平八郎は胡散《うさん》臭さを感じた。

「平八郎さんじゃありませんか……」

平八郎は、背後からの声に振り向いた。

長次が、背後で微笑んでいた。

「長次さん……」

平八郎は思わず隠れようとした。

「親分や高村の旦那はいません。あっし一人ですよ」

長次は苦笑した。

「そうですか……」

平八郎は、安心したように吐息をもらした。

「法正寺の浄念。良く突き止めましたね」

長次は、法正寺の扁額《へんがく》を示した。

「ええ。長次さんは……」

平八郎は、仁左衛門を脅したのを内緒にし、話題を変えた。

「川長の猪牙舟を盗んだ船頭の重吉という奴が、谷中にいると聞きましてね」

「重吉……」

「ええ。どうです、その辺の飯屋で……」

長次は平八郎を誘った。

「いいんですか」

平八郎は伊佐吉を気にし、躊躇った。

「平八郎さん、話は聞きました。親分は平八郎さんの頭を冷やそうとしただけなんですよ」

長次は苦笑した。

法正寺は谷中八軒町にあり、門前には料理屋や茶店などが並んでいる。

平八郎と長次は、法正寺の斜向かいの一膳飯屋に入って窓辺に座った。

長次は、店の親父に酒を頼んだ。

「それで平八郎さん。何か分かったのですか」

「長次さん。盗賊どもは、何のために三度も貸し蔵を襲ったと思いますか」

「盗賊ども、きっと浄念に金を借りて返せず、代わりに身代でも取り上げられ、そいつを恨んでの仕業《しわざ》、違いますかね」

長次は、親父が持って来た酒を平八郎の猪口に満たし、手酌で飲んだ。

「ですが、浄念は貸し蔵の事は内緒にしています。盗賊どもはどうして分かったんですかね」

平八郎は眉をひそめた。

「盗賊の中に事情に詳しい奴がいる……」

長次は戸惑いを浮かべた。

「きっと……」

平八郎は頷いた。

「だが、詳しい事を知っているのは、浄念本人と家主で蔵法師の仁左衛門です。その仁左衛門が使われているだけとなると……」

「平八郎さん……」

長次は喉を鳴らした。

「盗賊に三度も襲われ、火を付けられた挙句《あげく》に番人父娘を殺されたとなると。和泉屋と湊屋は立退き料をくれとも云わず、さっさと出て行きました。そして、蔵を壊して更地《さらち》にして売るか、噂通りに女郎屋でも始める……」

「そうすりゃあ、法正寺の浄念は大儲けですかい」

長次の眼が鋭く光った。

「もし、そうだとしたらです……」

平八郎は頷いた。

「となると、盗賊どもの押し込みは浄念に頼まれての事になりますね」

「長次さん。法正寺の裏には家作があり、浪人や遊び人たちが借りているそうです」

「平八郎さん、そいつらの中に重吉がいるかも知れませんね」

長次は薄く笑った。

「ええ……」

平八郎は頷いた。

「そうすりゃあ、何もかも平八郎さんの睨み通りですぜ」

「どうします」

「家作にどんな奴らがいるか、調べてみるしかありますまい」

「はい」

長次と平八郎は、酒を飲み干して一膳飯屋を後にした。


法正寺の裏には土塀が続き、雑木林の間に二軒の家作の屋根が見えた。

平八郎は木立の陰に潜み、裏木戸を出入りする者たちを見張った。長次は近所の酒屋や米屋などに聞き込みを掛けた。

裏木戸に人の出入りはなく時が過ぎた。

平八郎は見張り続けた。

「平八郎さん……」

長次が戻って来た。

「どうでした」

「近所の仕出屋に聞いたんですがね。重吉、ここにいるそうですよ」

「やっぱり。それで人数は……」

「ここのところ、頼む料理は四人前だそうですぜ」

「って事は四人か……」

貸し蔵の前から大川に逃げ込んだ盗賊は三人だ。

もう一人いる……。

そのもう一人が、左内おみよ父娘を無残に殺した。平八郎はそう感じた。

「それから、平八郎さんに叩きのめされた盗賊の似顔絵を見て貰ったんですが、甚八《じんぱち》って野郎でやはりここにいたそうです」

長次は嘲笑を浮かべた。

「じゃあ……」

「ええ。この家作にいる浪人どもが、どうやら盗賊ですね」

「となると黒幕は浄念……」

本所尾上町の貸し蔵を襲って左内おみよ父娘を殺めた盗賊は、持ち主である法正寺住職の浄念に操られた浪人どもなのだ。

法正寺住職の浄念は、貸し蔵を一文も掛けずに取り壊して更地にしようと企てて事件を仕組んだ。

何もかも、平八郎の睨み通りなのだ。

平八郎は怒りを新たにした。

「さあて、後は確かな証拠をどう押さえるかですか……」

寺は寺社奉行の支配であり、高村たち町奉行所の同心たちが容易に踏み込める処ではない。もし、踏み込むとなると、寺社奉行の許しを得なくてはならず、手間暇が掛かる。

「長次さん、私が見張っています。伊佐吉親分と高村さんに報せた方がいいでしょう」

「平八郎さん……」

長次は眉をひそめた。

「勝手な真似はしませんよ。心配しないでください」

平八郎は苦笑した。

「そうですか。じゃあお願いします」

長次は、伊佐吉たちがいるはずの本所に向かった。

平八郎は長次を見送り、法正寺の大屋根を見上げた。

左内とおみよの笑顔が浮かんだ。

左内さん、おみよ坊……。

一介の素浪人の平八郎が、法正寺に斬り込むのは容易な事だ。だが、斬り込めば、長次の立場は失われる。そして万一、浄念に逃げられた時は、詫《わ》びて済む事ではない。

平八郎は迷い、思い悩んだ。

時が過ぎた。

法正寺の裏木戸が開いた。

平八郎は木立に身を潜めた。

若い遊び人が裏木戸から現れ、下谷方向に向かった。

遊び人は、長次が追っていた小網町の船宿『川長』から猪牙舟を盗んだ重吉かもしれない。

平八郎は若い遊び人を追った。

若い遊び人は、上野寛永寺《うえのかんえいじ》の裏の雑木林と田畑の間の道を急いだ。

辺りに人影はない……。

平八郎は若い遊び人に近づいた。

「おう。重吉じゃあないか」

平八郎は呼び掛けた。

若い遊び人は立ち止まり、怪訝《けげん》に振り返った。

「やあ……」

平八郎は笑顔で近づいた。

「あっしに何か用ですかい」

戸惑いを浮かべた若い遊び人は重吉だった。

「やっぱり重吉か……」

「お前……」

重吉は、平八郎が貸し蔵で甚八を叩き殺した番人だと気付き、驚きに顔を大きく歪《ゆが》めた。

刹那、平八郎の拳が重吉の脾腹《ひばら》に鋭く叩き込まれた。

重吉は意識を失い、膝から崩れ落ち掛けた。平八郎は素早く重吉を抱き止め、担ぎ上げて雑木林に連れ込んだ。

木洩《こも》れ日は揺れていた。

意識を取り戻した重吉は、慌てて顔をあげた。眼の前に平八郎がいた。重吉は咄嗟《とっさ》に逃げようとした。だが、腕をはじめとした身体に激痛が走った。重吉は、己が太い木の幹に縛り付けられているのに気が付いた。

「重吉……」

平八郎は、こみあげる怒りを抑えた。

「尾上町の貸し蔵に押し込み、番人の左内さんとおみよ坊を殺め、火を付けたのはお前たちだな」

「し、知らねえ……」

重吉の声は掠《かす》れて震えた。

平八郎は冷たく笑い、刀を抜き払った。刃の輝きが零《こぼ》れた。

重吉は、恐怖に激しく突き上げられた。

平八郎は、刀を無造作に突き出した。重吉は眼を閉じ、思わず顔を背《そむ》けた。刀は重吉の顔の横に突き立てられた。鬢髪《びんぱつ》が数本、斬られて散った。平八郎は、木の幹から刀を引き抜き、重吉の顔の左右に刃の煌めきを走らせた。

重吉の左右の鬢髪が飛び散り、両頬に糸のような血が何本も滲んだ。

重吉は恐怖に己を失い、呆然と項垂れた。股間が濡れ、奇妙な臭いが漂った。

「お前たちが左内さんとおみよ坊を殺めたんだな」

「あの二人を斬ったのは、早川《はやかわ》の旦那だ」

重吉は呆然と項垂れ、虚ろな眼差しは木洩れ日の揺らぎに向けられていた。

「早川……」

「ええ。早川清十郎《せいじゅうろう》の旦那です」

「その早川清十郎、法正寺の家作にいるんだな」

「へい……」

「他に誰がいる」

「今井《いまい》と小林《こばやし》の旦那……」

浪人は三人だ。

「甚八と一緒に押し込んだのは三人だったが、他に誰と誰だ」

「今井と小林の旦那とあっしです」

「早川清十郎は……」

「早川の旦那は、蔵番の助っ人が腕が立つってんで、その後に雇われたんです」

「そして、蔵番父子を斬ったか……」

重吉は喉を鳴らした。

「何もかも住職の浄念の指図《さしず》だな」

「へい……」

重吉は項垂れ、地面に煌めく木洩れ日を見つめていた。

風が木々の梢を揺らした。

木洩れ日は大きく揺れた。


法正寺の裏に変わった様子はない。

平八郎は、裏木戸から家作を窺った。

「何処に行っていたんです」

長次が、高村と伊佐吉を伴って現れた。

「平八郎さん……」

伊佐吉が厳しい眼を向けた。

「家作には浪人が三人いる。そいつらと重吉が盗賊です」

「確かな証拠、あるんですかい」

伊佐吉が訊いた。

「重吉が白状した」

「重吉、何処にいるんです」

「寛永寺裏の雑木林だ。木に縛り付けてある」

「で、その三人の浪人が、篠田左内とおみよを手に掛けたのか」

高村は話を先に進めた。

「いいえ。二人を手に掛けたのは早川清十郎という奴だそうです」

「それで平八郎さん、貸し蔵の押し込みのからくりはどうでした」

長次が身を乗り出した。

「睨んだ通り、何もかも浄念の企んだ事です」

「そうですか……」

長次は笑みを浮かべ、伊佐吉と高村を窺った。

「よし。伊佐吉、三人の浪人をお縄にするぜ」

「旦那、奴らは法正寺の敷地内です。町方の俺たちが踏み込んで騒ぎを起こしちゃあ……」

「伊佐吉。奴らを寺から追い出せばいいのさ」

高村は遮《さえぎ》った。

「追い出す」

伊佐吉は困惑した。

「ああ。平八郎さん、お前さんは只の浪人だ。何処で何をしようが、俺の知った事じゃあねえ。好きな手立てで三人の浪人を追い出してくれ」

「好きな手立てで……」

「ああ。だが、浪人どもも大人しくしちゃあいるまい。大人しく云う事を聞かねえ野郎は叩き斬ってもいいぜ」

「高村さん……」

「どうだい、やってくれるかい」

「やります。やらせて下さい」

平八郎は意気込んだ。

「決まった」

高村は小さく笑った。

「高村の旦那……」

「伊佐吉、浄念をお縄にする証拠を摑む為には、手立てを選んじゃあいられねえぜ」

「はい。かたじけのうございます」

伊佐吉は、高村に深々と頭を下げた。

「伊佐吉親分……」

平八郎は伊佐吉に感謝した。

「良かったですね。平八郎さん」

長次が嬉しげに笑った。

「はい」

平八郎は刀の下緒《さげお》で襷《たすき》をし、袴の股立ちを取った。


法正寺の家作は二棟ある。

早川、今井、小林たち浪人は、一軒の家の縁側で酒を飲んでいた。

「すまんが、ちょいと顔を貸してくれないか」

平八郎が庭に現れた。

「何だ、お前は」

今井が怒声をあげ、酒の入った湯呑茶碗を踏み石に叩きつけて立ちあがった。

「私は尾上町の貸し蔵の番人手伝いの矢吹平八郎だ」

今井と小林は、平八郎が甚八を始末した男だと気付いてうろたえた。

「お前たちが今井と小林ならば……」

平八郎は、縁側で酒を飲んでいる三人目の浪人に視線を移した。

「おぬしが早川清十郎か……」

「だったらどうする」

早川清十郎は、刀を手にして立ち上がった。

刹那、今井と小林が平八郎に斬り付けてきた。

平八郎は、抜き打ちに今井の刀を叩き落とし、小林を下段から鋭く斬りあげた。小林の刀を握った腕が斬り飛ばされて宙に舞った。

一瞬、小林は己の腕が宙に舞ったのに戸惑った。だが、戸惑いは噴出した血を見て驚愕《きようがく》に変わり、激痛に悲鳴をあげて転げ廻った。

「おのれ……」

今井は恐怖に叩きこまれ、慌てて拾った刀を小刻みに震えさせた。

「早々に医者に連れて行くがいい」

平八郎は、今井に裏木戸を示した。

今井は歯を鳴らしながら頷き、泣き出した小林を助け起こして裏木戸から慌てて出て行った。

裏木戸の外には、高村が伊佐吉や長次と待ち構えている。今井と小林は、逃げる間もなくお縄になった。

「刀を棄て、大人しく左内さんとおみよ坊を殺めた罪を償うか」

平八郎は早川に迫った。

早川は濡縁から降り、間合いを取って嘲笑を浮かべた。

「いいや……」

「ならば斬る」

平八郎は刀を青眼に構えた。

早川は刀を抜き、下段に構えて対峙《たいじ》した。

出来る……。

平八郎は緊張した。

「何をしている」

浄念らしき坊主が、寺男を従えて駆け付けて一喝した。

平八郎と早川は、浄念を無視して対峙を続けた。

「止めろ。ここは寺だ。斬り合いは迷惑。許さぬ。止めるんだ」

浄念は筋張った首を伸ばし、痩せた身体を怒りに震わせた。だが、平八郎と早川に刀を引く気はなく、浄念の女のように甲高《かんだか》い声は虚しく響いた。

平八郎は間合いを詰めた。

早川は素早く後退し、間合いを保った。

平八郎は尚も間合いを詰めた。

早川は尚も退った。
平八郎はかまわず間合いを詰めた。早川は庭を縦横に動き、間合いを保ち続けた。
庭の苔《こけ》がはがれ、土埃が舞った。
「おのれ……」
浄念は怒りに震えた。
裏木戸の外には、庭での闘いを見守る高村がいた。
「捕らえろ。あの若い浪人を捕らえろ」
浄念は高村に気付き、怒鳴った。
「残念ながら、寺は我ら町奉行所の支配違い。寺社方にでも報せるのですな」
高村は苦笑し、冷たく突き放した。
浄念は、怒りと悔しさにまみれた。
平八郎は猛然と間合いを詰め、鋭く斬り掛かった。
早川は、後退りしながら平八郎の刀を打ち払った。
甲高い金属音が響き、焦げ臭さが漂った。
早川は、必死に間合いを取ろうとした。平八郎はそれを許さず、鋭く斬り付けた。
早川は頬に熱さを感じた。頬の熱さは痒さに変わり、生温かい血が滴《したた》り落ちるのを感じた。

必ず仇を討つ……。

平八郎は、左内とおみよの顔を思い浮かべて早川に鋭く斬り付けた。

「おのれ……」

早川はいきなり間合いを詰め、鋭い一刀を放ってきた。

平八郎は逆を突かれた。脇腹を浅く斬られ、血を飛ばした。

平八郎と早川は、血と汗と土埃にまみれて斬り合った。

陽は西に傾き始めた。

潮時だ……。

平八郎は刀を上段に構え、全身を早川に晒《さら》して誘った。

早川は嘲笑い、平八郎の間合いの内に踏み込んだ。

刹那、平八郎は鋭く踏み込み、上段に構えた刀を真っ向に斬り下ろした。

閃光が瞬いた。

早川は、後退すると思った平八郎が逆に踏み込んで来たのに戸惑った。戸惑いは、早川の頭上への一刀で瞬時に消えた。

平八郎は残心の構えを取った。

早川は額から血を滴らせ、呆然とした面持ちで前のめりに倒れた。

土埃を舞い上げ、早川は絶命した。

左内さん、おみよ坊、仇は討ったぞ……。

平八郎は左内とおみよを思い浮かべ、残心の構えを解いた。

浄念は、恐ろしげに平八郎を見つめていた。

「浄念、左内さんとおみよ坊を死なせたお前の罪は重い。罪は必ず償って貰う」

平八郎は冷たく言い放ち、裏木戸から出て行った。

浪人の今井と小林、そして重吉は、すでに寺の外で捕らえられている。

浄念は、虚脱したようにその場に座り込んだ。


高村は、伊佐吉たちに浄念を見張らせた。伊佐吉は、長次や亀吉と法正寺の表と裏を見張った。

高村は重吉たちに真相を白状させ、南町奉行所与力結城半蔵を通して寺社方に浄念捕縛《ほばく》の許しを要請した。許しは間もなく下りる手筈だ。

浄念は逃げるわけにもいかず、法正寺の中で身を縮めているしかない。

本所回向院の空は晴れていた。

平八郎は、左内とおみよの墓に線香を手向けて手を合わせ、事件の真相と早川清十郎を討ち果たしたことを報告した。

線香の煙は揺れながら立ち昇った。

空は抜けるように蒼《あお》く、何処までも広がっていた。

平八郎の蔵法師番人手伝いの仕事は終わった。

第三話　献残屋《けんざんや》

一

番茶の湯気は、差し込む朝日に渦を巻いて立ち昇った。

平八郎は口入屋『萬屋』の帳場の框《かまち》に腰掛け、熱い番茶を啜《すす》りながら主の万吉の言葉を待った。

「日本橋は室町《むろまち》二丁目にある鶴屋《つるや》って献残屋《けんざんや》なんですがね。旦那の用心棒って仕事があるんですが、如何《いかが》です」

万吉は帳簿を見ながら告げた。

「献残屋の旦那の用心棒ですか……」

平八郎は湯呑茶碗を置いた。

「ええ。やりますか」

「やりますかって、給金は幾《いく》らで何日の仕事ですか」

「ええと。とりあえず五日間で一日銀五匁《もんめ》」

「って事は、五百文ほどか……」

銀一匁は百八文ほどであり、五匁ならば五百四十文になる。それは、大工などの一日の手間賃の良い方といえた。

「ええ。腕利きの大工並の日当ですが……」

「ま、石積み人足や道普請《ぶしん》の人足よりはいいか……」

「ええ。それに斬り合いでもあった時には、別にお手当てをいただけるそうですし……」

万吉は、狸面で事も無げに云った。

「斬り合い……」

平八郎は眉をひそめた。

「そりゃあもう、用心棒ですからね」

万吉は頬をふくらませ、当然だとばかりに言い放った。

「親父。その献残屋の旦那、命でも狙《ねら》われているのかな」

「さあ、そこまでは存じませんよ」

万吉は首を捻《ひね》った。

「そんなぁ……」

平八郎は呆《あき》れた。

「ま。まとまった仕事で残っているのはそれだけ、嫌なら結構ですよ」

万吉は、音を立てて帳簿を閉じた。

「行くよ。行きますよ」

平八郎は頷《うなず》くしかなかった。


日本橋の通りは行き交う人で賑わっていた。

献残屋『鶴屋』は、室町二丁目の辻に店を構えていた。

献残屋とは、大名や旗本、御用商人が出入り先の武家や役所などに献上し、余った品物を安く買取り、再生して売る商《あきな》いである。

紫の暖簾《のれん》は風に揺れていた。

平八郎は、横手の裏口に廻った。だが、裏口は内側から鍵が掛けられていた。

「どちらさまですか……」

裏口の中から老爺の声がした。

「口入屋の萬屋の口利きで来た者です」

「それはそれは。少々お待ち下さい」

鍵を外す音がし、白髪《しらが》頭の老下男が裏口の戸を開けた。

「やあ」

平八郎は笑ってみせた。

「あの……」

老下男は目尻の皺《しわ》を深くし、値踏みするように平八郎を見た。

平八郎は苦笑した。

「矢吹平八郎と申します。これが萬屋の周旋状です。旦那に渡して下さい」

平八郎は、老下男に万吉からの周旋状を渡した。老下男は周旋状の差出人を確かめ、皺の中の眼に微《かす》かな笑みを浮かべた。

「どうぞ、お入り下さい」

「邪魔をする」

平八郎は、裏口から献残屋『鶴屋』の裏土間に入った。老下男は外を見廻し、裏口の戸を閉めて鍵を掛けた。

「そこでお待ち願います」

老下男は裏土間の隅の腰掛を示し、周旋状を持って奥に入って行った。

平八郎は云われた通り、腰掛に座って辺りを見廻した。

中庭から明かりを取っている土間と板の間は広く、様々な品物と荷が置いてあった。

まるで店先のようだ……。

平八郎はそう思った。

僅かな刻が過ぎ、老下男が肥った老女中と一緒に戻って来た。

「どうぞ。旦那さまがお待ちです」

老下男は微笑んだ。

「ご案内します」

肥った老女中が告げた。

平八郎は、老女中に案内され店の奥に向かった。


献残屋『鶴屋』の奥は、日本橋とは思えぬほど静かだった。

老女中は、平八郎を奥の座敷に案内した。

「お連れ致しました」

老女中は奥の座敷に告げた。

「どうぞ、お入りください」

座敷から若い女の声がした。

「はい。さあ……」

平八郎は、老女中に促《うなが》されて座敷に入った。
二十七、八歳くらいの女が、帳簿に算盤《そろばん》を入れていた。
主は何処《どこ》だ……。

平八郎は戸惑いながら座った。

若い女は算盤と筆を置き、平八郎を振り向いた。

「献残屋鶴屋の主おそのにございます」

献残屋『鶴屋』の主は女だった。

平八郎は驚き、思わずおそのを見つめた。

「あの……」

おそのは微笑んだ。

「あっ。私は矢吹平八郎です」

平八郎は慌てて頭を下げた。

「矢吹平八郎さま……」

「はい」

「それでは、先《ま》ずは五日の間、番頭の徳兵衛《とくべえ》と相談してよろしくお願いします」

「番頭の徳兵衛さんですか」

「はい。裏土間で買い取ってきた品物を片付けています」

平八郎が下男と思った老爺は、番頭の徳兵衛だった。

老女中が茶を持って来た。

「どうぞ……」

「矢吹さま、徳兵衛の女房で鶴屋の奥を取り仕切っているおはまにございます」

おそのはおはまを紹介した。

「おはまにございます」

おはまは微笑み、肥った身体を揺らして平八郎に挨拶をした。


献残屋『鶴屋』には主のおその、徳兵衛おはまの番頭夫婦。そして、徳兵衛夫婦の息子で手代の文吉《ぶんきち》と、丁稚《でっち》の富松《とみまつ》と女中のおはつがいた。おそのは十六歳の時に二親《ふたおや》を流行《はや》り病で亡くし、それ以後を忠義者の徳兵衛おはま夫婦に支えられて『鶴屋』を営んできていた。

平八郎は用心棒として雇われ、五日の間を『鶴屋』に住み込む事になった。

『鶴屋』は店を手代の文吉に任せ、老番頭の徳兵衛は献残品の吟味や贈答用に作り替えていた。そして、おそのは徳兵衛と一緒に献残品の買い取りなどをしていた。

献残品には、白絹や時服《じふく》などの反物《たんもの》。乾し鮑《あわび》、煎り海鼠《なまこ》、鰹節《かつおぶし》などの海産物。塩漬けの鶏肉や諸国特産物。そして、有名料亭の料理切手などがあった。

『鶴屋』は、おそのの祖父の代からの献残屋であり、出入りを許されている大名旗本家も多かった。そして、出来るだけ高値で買い取る『鶴屋』は、献残品を処分する時には一番先に呼んで貰えた。

献残屋『鶴屋』は繁盛している。

用心棒に雇われたのは、繁盛している事に関わりがあるのか……。

平八郎は老番頭の徳兵衛に尋ねた。

「番頭さん、私が用心棒に雇われたのは、盗賊にでも狙われているからですか」

「それが矢吹さん、盗賊かどうかは分からないのですが、三日前から誰かが店を見張っているような気がしましてね」

徳兵衛は白髪眉を曇らせた。

「見張っている……」

平八郎は眉をひそめた。

「ええ。店先や此処《ここ》を……」

「どんな奴が見張っているんですか」

「それが、見届けようとすると素早く姿を隠しましてね。お嬢さまも手前ども奉公人も見たわけじゃあないのです」

徳兵衛は困惑を浮かべた。

「勘違いじゃないのですね」

「手前一人ではそうかも知れませんが、お嬢さまや文吉、それに丁稚の富松やおはつも妙な人影を見ているんです。それで何かあってはと思い、矢吹さんにお出で願ったわけでして……」

「そうですか……」

徳兵衛一人では勘違いもあり得るが、『鶴屋』の何人もの者が見掛けているなら、見張る者がいると思うべきだ。

「じゃあ、先ずはそいつを確かめますか」

平八郎は、裏土間の格子窓を僅かに開け、外を覗いた。

裏口の外は裏通りであり、行き交う通行人も少ない。

平八郎は通りだけではなく、並ぶ屋並みの路地や二階も見渡した。路地に不審な人影はなく、二階の窓の障子が僅かに開いている家もなかった。

平八郎は店に廻った。

差し込む日差しの溢《あふ》れる店先では、二十歳《はたち》を過ぎたばかりの手代の文吉と丁稚の富松が職人の親方の客の相手をしていた。職人の親方は、献残品を作り直した贈答品を買っていた。

平八郎は職人の親方が帰るのを待ち、帳場の衝立《ついたて》の陰に素早く身を隠した。

「矢吹さま……」

文吉と富松が驚き、平八郎を見つめた。

「文吉、富松。いつも通りに仕事をしろ」

平八郎は、厳しい声音で囁《ささや》いた。

「は、はい……」

文吉と富松は、戸惑いながら仕事を続けた。

「これだけ日差しに照らされりゃあ、店の中は丸見えだ。見張っている奴に、私がいるのを気付かれてはならぬ」

平八郎は小声で教えた。

文吉と富松は、顔を見合わせて頷いた。

「富松、品物を片付けるふりをしながら左右に動いてくれ」

「はい……」

富松は平八郎の指示の通り、店の中を左右に動いた。

平八郎は、衝立の陰から表を窺った。

店の正面には、日本橋通りの人の流れがあり、薬種問屋や蕎麦屋《そばや》などが並んでいる。

見える範囲の路地や物陰、そして薬種問屋と蕎麦屋の店先と二階の窓に不審なところを探した。だが、不審なところは何処にも窺えなかった。

「富松、もういいよ」

平八郎は、衝立の陰から奥に続く廊下に素早く入った。

「はい」

富松は眼晦《めくら》ましの役目を終え、吐息を洩《も》らした。

「文吉、今度はお前に手伝って貰うが、いいかな」

平八郎は、奥に続く廊下の長い暖簾の陰から囁いた。

「はい。なんなりと……」

文吉は緊張に喉を鳴らした。

「私は裏から出て蕎麦屋の表に行く。そうしたら数を十数えて日本橋の方に行ってくれ」

平八郎は囁いた。

「日本橋の方に行ってどうするんですか」

「何か買物でもして戻って来てくれればいいんだが……」

「分かりました。途中の筆屋で筆を買ってきます」

文吉は、緊張した面持ちで蕎麦屋の表を睨みつけた。

「うん。そうしてくれ。じゃあ」

平八郎は急いで裏土間に行き、外に見張りがいないのを確かめ、素早く裏口を出た。そして、行き交う人に紛《まぎ》れて表通りに出て、蕎麦屋の前に立った。

献残屋『鶴屋』の店の帳場に文吉の姿が見えた。

平八郎は、数を数えながら油断なく辺りを窺った。そして、十を数え終わった時、文吉が『鶴屋』から出て来て日本橋に向かった。

平八郎は、文吉の後を追う者が現れるのを待った。

文吉の後ろ姿が、人通りの中を遠ざかって行く。

尾行する者は現れないのか……。

平八郎は、蕎麦屋の前から『鶴屋』の前に移動した。その時、『鶴屋』の斜《はす》向かいにある甘味処『白梅堂《はくばいどう》』から遊び人風の男が現れ、足早に日本橋に向かった。

見張りだ……。
平八郎の直感が囁いた。
遊び人風の男は、平八郎のいる『鶴屋』の前を通って行った。
平八郎は尾行を開始した。
日本橋室町一丁目に老舗《しにせ》の筆屋がある。
文吉は筆屋に入り、筆を選び始めた。
遊び人風の男は、物陰に潜《ひそ》んで文吉の様子を見守った。
おそのや徳兵衛たちの心配どおり、献残屋『鶴屋』は見張られていた。
筆を買った文吉は、筆屋を出て日本橋通りを戻った。
遊び人風の男は、物陰から出て文吉を追った。
平八郎は、二人をやり過ごして続いた。
文吉は『鶴屋』に戻り、遊び人風の男は再び甘味処『白梅堂』に入った。
平八郎は見届けた。

「いましたよ。見張っている奴」
「やっぱり……」

徳兵衛と文吉は、平八郎の報告を聞いて緊張に顔を強張《こわば》らせた。

「斜向かいにある甘味処に潜み、こっちの様子を窺っていますよ」

「白梅堂さんからですか……」

文吉の声は緊張に掠《かす》れ、微かに震えていた。

「ええ。徳兵衛さん、見張られているのに気付いたのは三日前からでしたね」

「はい」

徳兵衛は頷いた。

「見張られる心当たり、何かありませんか」

「心当たりと云われても……」

徳兵衛は白髪頭を傾けた。

「五日前に、献残品の買い取りにお嬢さまと出掛けたぐらいでして、特に変わった事はなかったと思いますが……」

「やっぱり、盗賊じゃあないでしょうか」

文吉は怯えを浮かべた。

「かも知れないが、まだ決め付けるわけにはいかない」

「はい……」

「でしたら、どうしましょう」

徳兵衛は、平八郎に困惑した眼差しを向けた。

「なあに、こっちも奴を見張って正体を突き止めてやるまでですよ」

平八郎は不敵な笑みを浮かべた。

暮六つ（午後六時）が近づいた。

献残屋『鶴屋』は、手代の文吉と丁稚の富松が店仕舞の仕度を始めた。そして、斜向かいの甘味処『白梅堂』も暖簾を片付ける時を迎えた。

「お客さん、そろそろ店仕舞なのですが……」

『白梅堂』の女将《おかみ》は、小座敷にいる遊び人風の男に遠慮がちに声を掛けた。

「おう……」

遊び人風の男が、窓から献残屋『鶴屋』を窺いながら返事をした。

献残屋『鶴屋』は、何事もなく一日を終えて店仕舞を始めていた。

変わった事はなかった……。

遊び人風の男は、女将に小座敷を借り切った金を払って『白梅堂』を後にした。

夕暮れ時の日本橋通りは、仕事帰りの職人や人足たちが足早に行き交っていた。

甘味処『白梅堂』を出た遊び人風の男は、大戸を閉めた『鶴屋』を一瞥《いちべつ》して日本橋通りを神田に向かった。

物陰から平八郎が現れ、遊び人風の男を追った。

遊び人風の男は本石町《ほんこく》を左に曲がり、外濠沿いを鎌倉河岸《かまくらがし》に出た。そして、三河町を抜けて駿河台小川町《するがだいおがわまち》の武家屋敷街に入った。

何処に行く……。

平八郎は、夜の武家屋敷街を慎重に尾行した。

連なる武家屋敷の甍《いらか》は、青白い月明かりを浴びて濡れたように輝いていた。

遊び人風の男は足早に進み、やがて錦小路《にしきこうじ》に入った。そして、旗本屋敷の潜り戸を叩き、素早く中に入った。

平八郎は見届けた。

行燈《あんどん》の灯りは、広げられた駿河台小川町の切絵図を照らした。

平八郎は切絵図の道を辿《たど》った。

おそのは、徳兵衛や文吉と一緒に平八郎の指先を追った。

「ここです」

平八郎の指は、旗本松浦一学《まつうらいちがく》の屋敷で止まった。

「松浦一学……」

平八郎は、屋敷に記されている名を読んだ。

「お嬢さま……」

徳兵衛と文吉が、おそのに戸惑った眼差しを向けた。

おそのは、強張った面持ちで頷いた。

「知っているんですか」

平八郎は身を乗り出した。

「手前どもが、お出入りを許されているお旗本にございます」

おそのは頷いた。

「じゃあ献残品を……」

「はい。下取りをさせていただいています」

「松浦一学とは、どのような旗本ですか」

「三千石取りのお旗本で、大目付さまにございます」

松浦一学は三千石取りの大身旗本であり、大目付の役目に就いていた。大目付は老中配下で五人おり、大名・高家の監察・礼典を司《つかさど》っていた。

「最近、献残品の下取りをしたことはあるんですか」

平八郎は尋ねた。

「五日前に……」

徳兵衛は白髪眉をひそめた。

「じゃあ、それから見張りが始まったんですね」

「そういう事になります」

徳兵衛は頷いた。

遊び人風の男の見張りは、松浦家から献残品を下取りした二日後から始まっていた。

献残品に何かある……。

平八郎は思いを巡らせた。

「徳兵衛さん、松浦家から下取りした献残品、どのような物ですか」

「はい。それは……」

徳兵衛は帳簿を開いた。

松浦家から下取りした献残品は、山谷《さんや》の料理屋『八百善《やおぜん》』の料理切手や白絹から白扇までさまざまな物があった。

「そいつに何かあるんですかね」

平八郎は眉をひそめた。

「文吉、松浦さまから下取りした献残品をここに持って来なさい」

「はい」

文吉は、裏土間に松浦家からの献残品を取りに行った。

「ひょっとしたら、世間に知られたくない松浦家の秘密を報せる物が、間違って献残品に紛れ込んでいるのかも知れません」

「では、それを取り戻そうとして、鶴屋を見張っているのですか」

おそのは眉を曇らせた。

「きっと……」

平八郎は頷いた。

「じゃあ、いずれは取り戻しに押し込んで来るのかも……」

徳兵衛は微かな怯《おび》えを見せた。

「ええ……」

文吉が、富松とおはつに手伝わせて松浦家の献残品を運んで来た。

「ご苦労でしたね、富松、おはつ。表と裏に変わった事はありませんね」

おそのは優しく尋ねた。

「はい」

富松は表、おはつは裏を見張っていた。

「じゃあ、戻って続けて下さい」

富松とおはつは返事をし、それぞれの持ち場に戻っていった。

徳兵衛と文吉は、献残品を一つひとつ並べ始めた。

平八郎は、並べられていくさまざまな献残品を見つめた。

行燈の灯りが不安げに揺れた。

二

白絹が五十疋《ぴき》。時服二十領。有名料亭の料理切手が十枚。そして、大名を監察する役目の大目付らしく、熨斗《のし》鮑や鰹節など保存の利く諸国の特産品が多かった。

「いつもとは違う物はありますか」

平八郎は尋ねた。

「これといってございませんが。徳兵衛、文吉はどうです」

おそのは困惑を滲《にじ》ませ、徳兵衛たちに助けを求めた。

「お嬢さまの仰《おつしや》る通り、これといって変わった物はございません」

文吉が申し訳なさそうに続いた。

「手前もございません」

「ないか……」

平八郎は、並べられた献残品を未練げに見渡した。

分からない限り、相手の出方を待つしかない。

戌の刻五つ（午後八時）の鐘の音が遠くから聞こえた。

「よし。おそのさん、松浦家の献残品をもうしばらくこのままにしておいて下さい」

献残品に必ず秘密がある。

平八郎は、詳しく調べてみるつもりだ。

「承知しました」

おそのは頷いた。

「徳兵衛さん、私はこれからひと寝入りします。亥《い》の刻四つ半（午後十一時）過ぎに起こして下さい」

「亥の刻四つ半ですか……」

徳兵衛は白髪眉をひそめた。

「ええ。もし、何者かが押し込んで来るとしたら、おそらく子《ね》の刻九つ（午前零時）から寅《とら》の刻七つ（午前四時）までの二刻の間。私は寝ずの番をします」

平八郎は告げた。

「そのような……」

おそのは驚いた。

「私は用心棒です」

平八郎は苦笑した。


子の刻九つ半（午前一時）。

町木戸もすでに閉まり、日本橋通りから人影は消えた。

本石町の辻から四人の男の影が現れた。四人の男は辺りを窺い、連なる商家の軒下を小走りに近づいて来た。そして、甘味処『白梅堂』の軒下に潜み、斜向かいの献残屋『鶴屋』の様子を窺った。

献残屋『鶴屋』は寝静まっていた。

「どうだ、小吉《こきち》……」

頭巾を被った武士は、遊び人風の男に尋ねた。

「へい。昼間と変わったところ、ありませんぜ」

「そうか……」

「水野《みずの》さま、相手は年寄りと女子供だ。さっさと押し込みましょう」

「慌《あわ》てるな千造《せんぞう》……」

水野と呼ばれた青白い顔の頭巾の武士は、脅えたように千造をたしなめた。

「水野さま。何ならあっしと小吉に金八《きんぱち》の三人で片付けますぜ」

中間頭《ちゆうげんがしら》の千造は、水野を無視して残忍な笑みを浮かべた。

「頭《かしら》、あっしが潜り戸を開けますぜ」

中間の金八が、嬉しげな笑みを浮かべながら匕首《あいくち》を抜いた。

「水野さま、事が殿さまに知れると用人見習いが御役御免になるのは勿論、下手をすりゃあ切腹ですぜ」

千造は嘲笑《あざわら》った。

「千造……」

松浦家用人見習いの水野純一郎《じゆんいちろう》は、小刻みに震えながら頷いた。

「小吉、金八」

千造は、小吉と金八に頷いてみせた。

小吉と金八は、暗がりを出て日本橋通りを横切り、献残屋『鶴屋』の潜り戸の左右に張り付いた。そして、耳を澄まして店の中の様子を窺った。店の中に人の気配はなかった。

金八は、潜り戸の下に匕首の刃を差し込んだ。

「お前たちは盗賊か」

暗がりから平八郎が尋ねた。

小吉、金八、千造は驚きながらも身構え、水野は恐怖に立ち竦《すく》んだ。

暗がりから平八郎が現れた。平八郎は『鶴屋』の外で見張っていたのだ。

「お侍、関わりにならねえ方がいいぜ」

千造は凄味《すごみ》を利かせた。

「だが、見棄ててはおけぬ」

平八郎は鼻先で笑った。

小吉が匕首を構え、平八郎に猛然と突進してきた。

平八郎は、腰を僅かに沈めて身構えた。

「野郎」

小吉が匕首を振るって突っ込んだ。

次の瞬間、平八郎の刀が閃《ひらめ》いた。

小吉は声もなく前のめりに倒れ、土埃《つちぼこり》を舞い上げた。

水野は恐怖に激しく駆られ、息を乱して逃げ出した。

「馬鹿野郎。金八……」

千造は吐き棄て、金八を促して水野の後を追った。

平八郎は、峰を返した刀を納めて倒れている小吉に近づいた。

小吉は気を失っていた。

平八郎は苦笑し、小吉を担《かつ》ぎ上げた。

手燭の灯りは、積まれている荷を浮かび上がらせた。

平八郎は、気を失っている小吉を柱に縛《しば》りつけた。

「どうだ文吉。こいつは昼間、鶴屋を見張っていた奴だが、見覚えのある顔か」

文吉は、手燭の灯りを小吉に近づけた。

「さあ。見覚えございませんが……」

文吉は、恐ろしげに首を横に振った。

「おそのさんや徳兵衛さんはどうかな」

「呼んで参ります」

「うん。富松とおはまさんたちもな」

平八郎は、『鶴屋』の者たちに、小吉の面通しをさせた。だが、小吉を見知っている者はいなかった。

「申し訳ございません」

おそのは詫《わ》びた。

「いいえ。とにかくこれで鶴屋が狙われているのが間違いないと分かりました」

「はい。矢吹さまにお出で願うのが、一日遅かったらと思うとぞっとします」

おそのは柳眉をひそめ、身震いした。

「それで矢吹さま、この者はどう致します」

徳兵衛は戸惑いを浮かべた。

「厳しく締め上げて、松浦家が何を企んでいるのか吐かせてやります」

平八郎は冷たく笑った。

小吉が微かに呻《うめ》いた。

「じゃあ、引き上げてください」

平八郎は、おそのと徳兵衛たちを土蔵から引き上げさせた。そして、手燭の灯りを吹き消した。土蔵の中は暗闇に包まれた。

誰に捕らえられ、何処に閉じ込められたのか、小吉に気付かせない為だった。

平八郎は背後に廻り、小吉が意識を取り戻すのを待った。

小吉は意識を取り戻した。そして、己《おのれ》の周囲に広がる闇に震えた。

「どうした。俺はどうなったんだ……」

小吉は戸惑い、思わず声に出して呟《つぶや》いた。

闇は人を恐怖に叩き込む……。

「名はなんという」

突然、平八郎は小吉の背後から声を掛けた。

小吉は激しく驚いた。

「正直に云わなければ、お前はこのまま死ぬ事になる」

平八郎は脅した。

暗闇で姿を見せない敵は、小吉の恐怖を増幅させて混乱に叩き込んだ。

「こ、小吉……」

小吉は恐怖に震えた。

「小吉か……」

「へい」

姿を見せない敵は、闇の何処に潜んでいるのか分からない。小吉は大人しく従うしかなかった。

「献残屋に押し込み、何を奪おうとした」

「料理切手です」

「料理切手……」

平八郎は眉をひそめた。

有名料理屋の料理切手は、土産《みやげ》つきの高級料理が食べられる。それ故、割り引いて売られる料理切手を買う者は多く、換金も容易に出来た。

松浦家の献残品にも、十枚ほどの料理切手があった。小吉たちは、それを奪い取りに来たのだ。

「料理切手を奪ってどうする気だ」

「知らねえ。そこまでは知らねえ。俺は金で雇われただけだ」

小吉は必死だった。

嘘は云っていない……。

平八郎は話を進めた。

「一緒に押し込もうとした残りの三人は、何処の誰だ」

「そ、それは……」

小吉は躊躇《ためら》った。

「云うと殺されるか……」

「へい」

「残念だが、云わなくても殺される……」

平八郎は嘲《あざけ》りを滲《にじ》ませ、刀を抜いて小吉の首筋に当てた。小吉は弾かれたように身を縮《ちぢ》め、激しく震え出した。

「三人が、旗本の松浦家に関わりがあるのは分かっている」

「用人見習いの水野純一郎さまと中間頭の千造。それに中間の金八……」

小吉は言葉を震わせた。

一番先に逃げた若い侍が、用人見習いの水野純一郎なのだ。

「小吉、お前は誰と関わりがあるんだ……」

「俺と千造は、昔からの博奕《ばくち》仲間です」

「そうか、良く分かった」

平八郎は刀の峰を返し、小吉の首筋を鋭く打った。

小吉の眼の前の闇が、破裂したように真っ白になって消えた。

小吉は気を失った。

平八郎は刀を鞘《さや》に納め、暗い土蔵に小吉を残して出て行った。


献残屋『鶴屋』は早い朝を迎えていた。

おそのと徳兵衛たち奉公人は、眠れぬ夜を過ごした。

「料理切手ですか……」

おそのは戸惑いを浮かべた。

「ええ……」

平八郎は、小吉から聞き出した事を教えた。

「文吉、料理切手を持っておいで」

徳兵衛は文吉に命じた。文吉は返事をして料理切手を取りに行った。

「矢吹さま、それで盗賊たちは……」

「はい。捕らえた小吉の他の三人は、松浦家の用人見習いの水野純一郎。中間頭の千造と中間の金八だそうです」

「水野純一郎さま……」

おそのは呆然と呟いた。

「ご存じですか」

「はい。この度、献残品の払い下げをされた御家来にございます」

「お父っつぁん……」

文吉が十枚の料理切手を持って来た。料理切手は江戸でも名高い山谷『八百善』のものだった。

「変わったところがないか調べてみましょう」

平八郎たちは、料理切手を一枚ずつ調べ始めた。

「これは……」

おそのが怪訝《けげん》な声を洩らした。

「どうしました……」

「これをご覧下さい」

おそのは、一枚の料理切手を差し出した。

平八郎、徳兵衛、文吉が覗き込んだ。

料理切手は山谷の料理屋『八百善』のものと同じだった。

「これの何が……」

平八郎は、怪訝な眼差しをおそのに向けた。

「ここです」

おそのは、料理屋の名を指差した。

料理屋の名は『江戸善《えどぜん》』と記されていた。

料理屋『江戸善』……。

「八百善と江戸善。二文字違いか……」

平八郎は、料理屋『江戸善』の料理切手を明かりに透かして見た。だが、他に変わったところはなかった。

料理屋『江戸善』の料理切手は、十枚の内の一枚だけだった。

「江戸善なんて料理屋。聞いた事がありませんね」

文吉は首を捻った。

「うむ……」

徳兵衛は、白髪眉をひそめて頷いた。

料理切手を出す料理屋となると、それなりの格式の店だ。だが、平八郎も『江戸善』の名を聞いた覚えはなかった。

「矢吹さま。水野さまたちは、この江戸善の料理切手を狙っているのですか」

おそのは眉をひそめた。

「ええ。おそらく間違いないでしょう」

「でも、それならどうして、訳を話して買い戻しに来ないのでしょう」

「江戸善の料理切手、おそらく他人に知られたくない、公《おおやけ》に出来ないものなのでしょう」

平八郎はそう睨んでみせた。

「秘密の料理切手ですか……」

おそのは、『江戸善』の料理切手を恨めしげに見つめ、吐息を洩らした。

「それで矢吹さま、これからどうしたらよろしいでしょうか」

徳兵衛は心配げな顔を向けた。

「この事を町奉行所に届け出ますか」

平八郎は尋ねた。

「松浦さまには、祖父の代から随分お世話になって来ました。出来るものなら内分に
……」

おそのは苦しげに告げた。

「分かりました」

「申し訳ありません」

おそのは詫びた。

「いいえ。町奉行所の役人が出て来れば、私の役目も終わり、商売になりませんので
……」

平八郎は笑った。

「それで相談ですが……」

「はい」

「ここの警護は勿論ですが、水野純一郎どもの動きも見張らなければなりません」

おそのと徳兵衛・文吉父子は、真剣な面持ちで頷いた。

「となると私一人では手が足りません。知り合いを呼んでいいですか」

平八郎は、長次の顔を思い浮かべた。

「それはもう、矢吹さまが信用されている方なら……」

「かたじけない」

水野純一郎たちは、昼前に動く事はないはずだ。平八郎は、昼には戻ると告げ、夜

明けの町を浅草駒形に急いだ。

平八郎は、両国に出て神田川に架かる柳橋を渡り、蔵前の通りを進んだ。そして、浅草駒形町の老舗鰻屋の『駒形鰻』に着いた。

老舗鰻屋『駒形鰻』の表では、小女のおかよが掃除をしていた。

「やあ、おかよちゃん」

平八郎は、おかよに笑い掛けた。

「あれ、平八郎さん。どうしたんですか、こんなに早く……」

おかよは驚いた。

「伊佐吉親分いるかな」

「若旦那、まだ寝ていますよ」

「すまんが、起こしちゃあくれないかな」

平八郎は頭を下げて頼んだ。

老舗鰻屋『駒形鰻』は、岡っ引の伊佐吉の実家だった。

朝の『駒形鰻』は、女将のおとよと板前が仕入れに行っていて静かだった。

平八郎は、店の小座敷でおかよの淹れてくれた茶を啜っていた。

「お待たせしました」

伊佐吉が、怪訝《けげん》な面持ちで現れた。

「やあ。朝早く起こして、すまんな」

「いいえ。で、どうしたんです」

「実はな親分……」

平八郎は、献残屋『鶴屋』に用心棒として雇われた事と、その後の騒ぎを話した。

「ほう。江戸善って料理屋の料理切手……」

伊佐吉は眉をひそめた。

「うん。江戸善って料理屋、知っているか」

「いいえ。初めて聞いた名前ですよ」

「親分も知らないか……」

平八郎は困惑を滲ませた。

「ええ。それに、大目付の松浦一学さまですか……」

「ま、松浦一学というより、用人見習いの水野純一郎と中間頭の丁造と中間の金八だ」

「分かりました。そいつらの動きを長さんに見張って貰えば良いんですね」

「ええ。私は鶴屋を警護しなければならないので。お願い出来るかな」

平八郎は、水野たちの見張りを長次に頼んだ。

「今、大した事件を扱っていませんので、大丈夫でしょう」

「よろしく頼む」

「それから、江戸善って料理屋、あっしが調べてみますよ」

「そいつはありがたい。助かるよ」

平八郎は、嬉しく頭を下げた。

三

日本橋通りは活気に溢れていた。

献残屋『鶴屋』は暖簾を掲げ、いつも通りに商いをしていた。

平八郎は、『鶴屋』の帳場の奥に陣取り、水野や千造たちの現れるのを警戒していた。

「矢吹さま……」

おそのは、困惑した面持ちで平八郎の許にやって来た。

「どうしました」

「実は先ほど……」

おそのの許に、伊勢《いせ》国桑名《くわな》藩江戸上屋敷の納戸《なんど》頭《がしら》が今日の献残品下取りを報せて来た。

「今日ですか……」

「はい。急な事ですが、桑名藩の松平《まつだいら》さまには、父の代から御贔屓に与《あずか》っております。これからお伺《うかが》いしなければなりません」

おそのは、己の身に降りかかるかも知れない災難より、家業の献残屋の商いを優先した。

「おそのさん一人で行くのですか」

「いいえ。荷物持ちに富松を連れて参ります」

「じゃあ、富松に代わって私がお供します」

水野たちが、江戸善の料理切手を狙って来るかもしれない。だが、長次が見張っている限りは安心だ。

「矢吹さまが……」

「ええ。荷物持ちには自信があります」

平八郎は、おそのを安心させるように笑った。


巳《み》の刻四つ半（午前十一時）前。

松浦一学は、駿河台小川町の屋敷から登城した。

大目付の登城時刻は巳の刻四つ半であり、駕籠に乗った松浦は供侍《ともざむらい》を揃えて城に向かった。

主の出掛けた屋敷は、何処となく雰囲気が緩んでいった。

長次は斜向かいの屋敷の路地に潜み、松浦屋敷の様子を窺った。

門内から中間たちが出てきて、頭の千造の指示で表門を閉めた。

野郎が中間頭の千造か……。

長次は、中間頭の千造を見届けた。そして、一帯の屋敷に出入りしている商人たちに、松浦一学と家来の水野純一郎の評判を聞き廻った。


伊勢国桑名藩江戸上屋敷は、日本橋の南にある楓《もみじ》川を渡った処にあった。

『鶴屋』を出たおそのは、緊張した面持ちで日本橋に向かった。裏口に続く辻から平八郎が現れ、おそのを見守るように続いた。
おそのは日本橋に差し掛かった。
平八郎は、日本橋をあがるおそのを見つめて雑踏を進んだ。
日本橋までの間におそのを尾行する不審な者はいない……。
平八郎は、先を行くおそのの周囲に眼を配り、慎重に警護を続けた。
日本橋の南詰、高札場を東に進むと日本橋川と八丁堀を繋ぐ楓川に出る。
おそのは顔を強張らせ、楓川沿いを足早に南に進んだ。
尾行する者はいない……。
平八郎はそう見定め、先を行くおそのに並んだ。
おそのは小さく驚いた。そして、平八郎だと知り、安心したように微笑んだ。
楓川に風が吹き抜け、川面に小波が走った。
微笑んだおそのは、美しく可愛らしかった。
「尾行《つけ》ている者はいません」
平八郎は思わず無粋な事を告げた。
「はい……」
おそのは返事をし、己の歩みを僅かに遅らせて平八郎の背後についた。

楓川に架かる越中橋《えっちゅう》が近付いて来た。越中橋を渡ると桑名藩江戸上屋敷だ。

平八郎とおそのは、どちらからともなく足を速めた。


料理屋『江戸善』を知っている者はいなかった。

「江戸善だと……」

南町奉行所定町廻り同心高村源吾は、眉をひそめた。

「ええ。うちのお袋も板前の皆も聞いた事がないと云いましてね」

伊佐吉は首を捻った。

「伊佐吉。江戸善の事、何処の誰に聞いたんだい」

高村は厳しい面持ちになった。

「えっ……」

伊佐吉は戸惑った。

「伊佐吉、俺も噂でしか聞いた事はねえんだが、江戸善ってのは、大名や大身旗本の留守居役や用人が密かに通っている料理屋らしいぜ」

「大名家のお留守居役や大身旗本の御用人が密かに通う料理屋……」

伊佐吉は、意外な話に戸惑いを浮かべた。

「ああ……」

「料理を食べて酒を飲むのに、どうして密かに通うんですか」

「きっと、世間に知られちゃあ拙《まず》い事でもあるんだろうぜ」

高村は鼻先で笑った。

「まさか……」

料理屋『江戸善』は、公儀の御法度《ごはっと》に背いた事をしているのかも知れない。

「ああ。与力の結城半蔵さまもそう睨んでいる」

吟味与力の結城半蔵は、南町奉行所随一の切れ者であり、己の信念に生きる漢《おとこ》だ。

「結城さまも……」

「だが、結城さまや俺たちが知っているのは、そうした噂だけだ。伊佐吉、その江戸善の事を何処の誰に聞いたかは知らないが、下手な詮索は命取りになるかも知れねえ。くれぐれも気をつけるんだぜ」

高村は真顔で心配した。

「旦那、実は……」

伊佐吉は、料理屋『江戸善』の事を平八郎に聞いたのを告げた。そして、事の次第を話し、知らぬ顔をしていて欲しいと頼んだ。

「やっぱり、平八郎さんが絡んでいたか」

高村は苦笑した。

「旦那……」

「分かった。伊佐吉、俺は一切知らん顔をして裏から助っ人する。お前は平八郎さんと上手くやってくれ」

高村は笑った。

「かたじけのうございます」

伊佐吉は礼を云った。


旗本松浦屋敷は表門を閉めたままだった。

長次は見張りを続けていた。

一帯の屋敷に出入りを許されている商人たちによれば、松浦家は用人の金子誠之助《かねこせいのすけ》が取り仕切っていた。四十歳になる金子誠之助は、家来たちの不手際を決して許さず、家中を厳しく取り締まっていた。

役目に不手際を犯した家来の中には、家中から追い出されたり、詰腹を切らされた者もいた。家来たちの中には、情け容赦のない金子誠之助を陰で〝鬼〟と蔑《さげす》み、恨みを抱いている者もいる。

それが、出入りの商人たちから聞き出した松浦屋敷の様子だった。

俺にはとても勤まらねえ……。

長次は、松浦家家中の厳しさに呆れた。

松浦屋敷の潜り戸が開いた。

若い武士が現れ、沈痛な面持ちで三河町の方に向かった。僅かな間を経て半纏《はんてん》をまとった二人の町方の男が出て来た。町方の男の一人は、中間頭の千造だった。もう一人は、おそらく中間の金八なのだ。

長次はそう見定めた。

千造と金八は、三河町に向かった若い武士を明らかに追って行った。

若い武士は、用人見習いの水野純一郎なのかも知れない。

長次は、物陰を出て三人を追った。


白絹五十疋、時服二十領、綿百把……。

おそのは、桑名藩江戸上屋敷の納戸組頭からそうした献残品を買い取った。そして、後日代金を支払って品物を引き取る事にし、平八郎と桑名藩江戸上屋敷を後にした。

平八郎は、不審な者がいるかどうか、油断なく辺りを窺った。

「平八郎さま……」

おそのは心配げに眉をひそめた。

「大丈夫です」

平八郎は、おそのを安心させるように明るく笑い、楓川に架かる越中橋を渡った。

おそのが続いた。

楓川の流れは静かに続いている。

平八郎とおそのは、楓川沿いの道を日本橋に向かった。

平八郎は、おそのの確かな目利きと手堅い商いに感心した。

「料理切手は買わなかったのですね」

平八郎は尋ねた。

「はい。しばらくは買う気になれません」

おそのは小さく苦笑した。

平八郎は釣られて笑った。

日本橋の通りは多くの人が行き交っていた。

水野純一郎は、三河町から鎌倉河岸に抜け、日本橋の通りに出て室町一丁目に向かった。

千造と金八が尾行し、長次が追った。

献残屋『鶴屋』の暖簾が風に揺れていた。

水野は立ち止まり、風に揺れている『鶴屋』の暖簾を思い詰めたように見つめた。

用人の金子誠之助の厳しい叱咤《しった》が脳裏に蘇った。

「例の料理切手が市中に出廻り、目付の手にでも渡れば一大事。それ故、手立てを選ばずに一刻も早く取り戻せと命じたのだ。それなのに……」

金子は、水野の『鶴屋』押し込みの失敗を激しく叱責した。

「とにかく水野。例の料理切手を八百善のものと間違え、鶴屋のおそのに引き取らせたその方の責めは重い。小吉なる遊び人がどうなったか分からぬ今、最早《もはや》猶予はならぬ。命に代えても今日中に取り戻せ」

「ははっ」

水野は平伏した。平伏して震えるしかなかった。

押し込みが失敗した今、水野が料理屋『江戸善』の料理切手を取り戻す手立ては僅かだ。

金で買い戻すか、事情を話して返して貰うかだ。だが、買い戻す金が幾らになるのかも分からず、事情を話す訳にもいかない。

水野は立ち尽くし、『鶴屋』の暖簾を見つめるだけだった。


千造と金八は、物陰から水野を監視した。

「何をするつもりですかね」

金八は眉をひそめた。

「ふん。腕も度胸もねえ役立たずだ。何も出来やしねえさ」

千造は嘲笑した。

「じゃあ、屋敷から逃げ出しもしませんかい」

「ああ。鬼の取り越し苦労ってやつだ」

用人の金子誠之助は、追い詰められた水野が目付の許に駆け込むのを恐れ、千造と金八に監視を命じた。


献残屋『鶴屋』の暖簾は風に揺れている。

水野純一郎は、虚《うつ》ろな眼差しで往来の隅に立ち尽くしていた。そして、千造と金八の監視は続いた。

長次は見守った。


日本橋を渡り、室町一丁目を過ぎた。

「おそのさん。先に行って下さい」

平八郎は告げた。

「平八郎さまは……」

おそのは、怪訝な眼差しを平八郎に向けた。

「店の周りに妙な奴がいないか、確かめてみます」

「分かりました。では……」

おそのは会釈をし、室町二丁目の『鶴屋』に急いだ。

平八郎は、往来と連なる店の軒下や路地に鋭く眼を配りながら、おそのを追った。

水野純一郎は、人ごみを来るおそのに気付いて思わず背を向けた。

おそのは出掛けていた。

水野は意表を突かれた思いだった。

どうしたらいい……。

水野は迷い、慌てた。己がとるべき行動が分からなくなり、甘味処『白梅堂』の前に立ち尽くすしかなかった。


おそのは水野に気付かず、暖簾を潜って献残屋『鶴屋』に入った。

「只今、戻りました」

「お帰りなさいませ」

文吉と富松が、安心したように顔をほころばせて迎えた。

「富松、番頭さんにお報せを」

文吉が命じた。

「はい。番頭さん、お嬢さまのお帰りです」

富松が奥に走った。

「変わった事はありませんでしたか」

「はい。お嬢さまも……」

おそのは、番頭の徳兵衛をはじめとした奉公人たちが、如何《いか》に自分を心配してくれているかを思い知らされた。

「ええ。矢吹さまが御一緒でしたから……」

おそのは微笑んだ。


水野純一郎……。

平八郎は、『鶴屋』の斜向かいにある甘味処『白梅堂』の前に立ち尽くしている水野に気付いた。

何をする気だ……。

平八郎は水野の周囲を窺い、水野の背後に廻ろうと裏路地に入った。そして、裏路地を走って『白梅堂』の横手に出た。

「平八郎さん……」

長次が物陰から現れた。

「長次さん」

「あそこに……」

長次は、斜向かいの物陰から水野を見張る千造と金八を指差した。

「千造と金八……」

平八郎は眉をひそめた。

「あの若い侍、水野純一郎ですかい」

長次は、立ち尽くしている水野を示した。

「そうです」

「千造と金八の野郎、水野を尾行《つけ》廻していますよ」

長次は嘲りを滲ませた。

「どうしてだ……」

平八郎は戸惑った。

「理由は分かりませんが。水野純一郎、油断も隙もあり過ぎるんじゃあないですか」

長次は呆れたように笑った。

「油断も隙もあり過ぎる……」

だが、押し込みに失敗して一番先に逃げたように腕と度胸はない。

平八郎は、水野純一郎の人となりを知った。

「さあて、何がどうなっているのか、詳しく教えていただけますか」

長次は笑みを浮かべた、楽しげな笑みだった。

「ええ……」

平八郎は、事の経緯を長次に話した。

太陽は西に沈み始めた。

四

日が暮れた。

献残屋『鶴屋』は、暖簾を仕舞って大戸を下ろした。

水野純一郎は、迷い躊躇い立ち尽くし続けた。そして、千造と金八は見張り続けた。

「何をどうしたいのやら。水野純一郎、本当に煮え切らない奴ですね」

長次は苛立ちを見せた。

「うん……」

水野への苛立ちは、きっと千造や金八も同じはずだ。

平八郎はそう睨んだ。

室町二丁目に連なる店は大戸を閉め、日本橋通りから人影は減った。

時はどのくらい過ぎただろうか……。

水野は五体に重い疲れを感じた。

最早、何も出来ない……。

水野は惨めさに打ちのめされ、重い足取りでその場を離れた。

物陰に潜んでいた千造と金八が追った。

「長次さん……」

「追いましょう」

平八郎と長次は、暗がり伝いに三人を追った。


鎌倉河岸に人気《ひとけ》はなかった。

水野は河岸の端に佇み、水面に映る自分の顔を見つめた。

水面に映る水野の顔は、まるで泣いているようだった。

松浦屋敷には戻れない……。

用人の金子誠之助の命令を叶えない限り、戻れはしないのだ。

どうすればいい……。

水野は思い悩んだ。

外濠に小波が走り、水面に映っていた水野の顔は無残に砕けた。

水野はその場に座り、脇差を抜いた。脇差は、月明かりを受けて青白く輝いた。

腹を切る……。

水野は脇差を握り締め、覚悟を決めた。

千造と金八が、暗がりから飛び出して来て水野に襲い掛かった。

「千造、金八……」

水野は驚いた。

「こんなところで腹を切られちゃあ迷惑なんだよ」

千造と金八は、水野の脇差を奪い取って棍棒《こんぼう》で殴り付けた。水野は抗《あらが》う暇もなく、昏倒《こんとう》した。

「どうします、頭」

金八は息を荒く鳴らした。

「簀巻《すま》きにして大川に放り込むか、屋敷で殺して裏庭に埋めるかだ」

千造は、気を失って倒れている水野に残忍な笑みを浴びせた。

「そうはさせん」

暗がりから平八郎が現れた。

「手前《てめえ》……」

千造と金八は咄嗟《とっさ》に身構えた。

だが、平八郎の腕は思い知らされている。

「くそ……」

千造と金八は、身を翻《ひるがえ》して逃げようとした。だが、その前に長次が立ちはだかった。二人は挟まれた。

「頭……」

金八は激しく狼狽《ろうばい》し、声を震わせた。

平八郎は、滑《すべ》るように千造と金八に迫った。

次の瞬間、千造は外濠に身を躍らせた。

「頭」

金八が驚きながらも続いた。

外濠に水飛沫《しぶき》が次々とあがった。

「平八郎さん……」

長次は、外濠を覗き込んでいる平八郎に駆け寄った。

外濠の水面の乱れは次第に治まった。だが、千造と金八の姿は何処にも見えなかった。

「逃げられましたか……」

長次は苦笑した。

「油断しました」

平八郎は悔やんだ。

「なあに、奴らの逃げ込み先は松浦の屋敷です。先廻りして確かめましょうか」

「いいえ。それより水野です……」

平八郎は、気を失って倒れている水野を一瞥《いちべつ》した。

「大番屋に運んで江戸善の事を訊いてみますか……」

長次は笑った。


室町二丁目は寝静まっていた。

平八郎と長次は、鎌倉河岸の荷揚屋から借りた大八車に気を失っている水野を乗せ、献残屋『鶴屋』に寄った。

『鶴屋』では、おそのと徳兵衛たちが、平八郎の帰りを待っていた。

「何かあったのですか……」

おそのは、帰りの遅かった平八郎を心配げに見つめた。

「ええ……」

平八郎は、事の次第を告げて長次を引き合わせた。そして、土蔵に閉じ込めておいた小吉を当て落とし、水野と一緒に大八車に乗せた。

「何処に連れて行くのですか」

おそのは眉をひそめた。

「心配は無用です。任せて下さい」

平八郎は明るく笑った。

大番屋に連れて行くと告げ、長次に対して無用な警戒をされるのを嫌った。

平八郎と長次は、失神している水野と小吉を大番屋に運んだ。


三千石取りの松浦家の屋敷は、千数百坪の敷地に建っている。

金子誠之助の家は、その敷地内の西側にあった。

金子は濡縁で、庭先に控えていた千造の報告を受けた。

「おのれ……」

金子は怒りを滲ませて吐き棄てた。

「して千造、その浪人と町方の者、一体何者なのだ」

「そいつが良く分からないのですが、滅法腕の立つ野郎でして、ひょっとしたら鶴屋の用心棒かも知れませんせん」

「用心棒か……」

「へい。いずれにしても金子さま、水野さまは奴らの手に落ちました。腹を切ろうとした水野さまです。何を喋るか分かりませんぜ」

千造の眼に狡猾《こうかつ》さが浮かんだ。

「そうなれば我が身の破滅。千造、急ぎ腕の立つ者どもを集めろ」

金子は、二つの切り餅を千造に差し出した。

「へい。かしこまりました」

金子は、料理屋『江戸善』の料理切手を己で取り戻す決意をした。


茅場《かやば》町の大番屋は大川沿いにある。

長次は大番屋の小者《こもの》に話をつけ、水野と小吉を空いていた牢に繋《つな》いだ。そして、小者に心付けを渡し、伊佐吉に報せるように頼んだ。

高窓から差し込む月明かりは、板張りの牢の中を青白く照らしていた。

平八郎は水野に活を入れた。水野は苦しげに呻いて意識を取り戻した。

「気が付いたか……」

平八郎は、水野の顔を覗き込んだ。

水野は、脅えた声をあげて仰け反《ぞ》った。

平八郎は思わず苦笑した。

水野は顔を引きつらせ、辺りを見廻した。

「ここは……」

水野は己のいる処が牢だと気付き、湧きあがる混乱と恐怖に震えた。

「水野純一郎、献残屋の鶴屋に押し込もうとしたのは、江戸善の料理切手を取り戻そうとしての事だな」

平八郎は、いきなり核心を突いた。

水野は愕然とし、平八郎から慌てて眼を逸らした。

「今更、惚けても無駄だ」

平八郎は厳しく告げた。

水野は項垂《うなだ》れた。平八郎は、そこに水野の素直さを見た。

「江戸善という料理屋は何処にある。押し込んでまで取り戻そうとする料理切手は何なのだ」

「そ、それは……」

「水野、お前が大目付の松浦一学の家来なのは分かっている。それに腹を切ろうとした事もな……」

水野は眼を瞑《つむ》り、必死に恐怖に堪えた。

「水野。松浦家は、おそらくもうお前を見捨てているよ」

平八郎は哀れんだ。

水野は驚きもうろたえもしなかった。

「そいつは気付いているようだな」

水野は不意に涙を零《こぼ》した。

「宮仕えは辛いか……」

平八郎は、水野を本音で哀れんだ。

水野は啜《すす》り泣いた。

平八郎は見守った。

水野の啜り泣きは、夜の牢内に地を這うように流れた。

「うるせえ。めそめそするんじゃあねえ」

男の苛立った怒声が、離れた牢からあがった。

水野は思わず啜り泣きを止めた。だが、すぐに泣き出した。前にも増して盛大に声をあげて泣いた。

水野純一郎は、松浦家の家来である身分は無論、何もかも棄てた。

隅田川の上流、向島寺島村《てらじま》に料理屋『江戸善』はあった。

料亭『江戸善』は暖簾を掲げておらず、外見は大店《おおだな》の寮といえた。そして、料理切手を持つ者だけを客とした。客は大名家の留守居役や旗本家の用人たちが多く、料理の他に素人女《しろうと》と博奕を楽しめた。博奕と隠し売女《ばいた》は天下の御法度だが、留守居役や用人たちは密かに楽しんでいた。

料亭『江戸善』は留守居役や用人たちの秘密料亭であり、その料理切手は容易に手に入るものではなかった。

松浦家用人の金子誠之助は、主の一学が大目付であるところから大名家留守居役から良く料理切手を送られていた。用人見習いの水野純一郎は、『江戸善』の料理切手を『八百善』のものと一緒に献残屋『鶴屋』に払い下げてしまった。

金子誠之助は激怒し、水野に密かに取り戻せと命じた。だが、『江戸善』などと聞いた事のない料理屋の料理切手は人目を引く。そして、不審を抱かれ、町奉行所に届けられては何が起こるか分からない。最悪の場合は、松浦家はお家断絶になり、金子は切腹を免《まぬか》れない。

金子はそれを恐れた。


水野は白状した。

何もかも棄てた水野に、最早恐れるものはなかった。

水野は、憑《つ》き物が落ちたように穏やかな顔を見せた。

水野の罪は、献残屋『鶴屋』に押し込みを企てただけに過ぎない。

平八郎は、水野をこのまま放免してやりたくなった。だが、金子誠之助と料理屋『江戸善』の始末が決まらない限り、重要な証人である水野に気儘《きまま》な真似はさせられない。

平八郎は水野を牢に残し、これからどうするか思いを巡らせた。

「聞かせて貰いましたよ」

大番屋の詰所に駒形の伊佐吉が来ていた。

「これからどうしたらいいかな」

平八郎は、長次の淹れてくれた出涸らし茶を啜った。

「正直に云って、後の事は高村の旦那にお任せするんですね」

伊佐吉は告げた。

「高村さんか……」

「ええ。鶴屋を表に出したくなければ、そうしてくれるようにあっしからも頼みますが」

大名家の留守居役と旗本家の用人には、町奉行所の支配は及ばない。だが、向島寺島村の料理屋『江戸善』は、町奉行所の支配下にある。『江戸善』での素人女の隠し売女と賭場に関しては取締まる事が出来るのだ。そして、何もかもが公になってしまえば、献残屋『鶴屋』とおそのたちは危険な状態から解き放される。

最早、それが一番良い手立てなのかも知れない。

「分かった」

平八郎は頷いた。

「じゃあ、あっしは高村の旦那にお報せして手配りをします。平八郎さんは明日の朝、南町奉行所に江戸善の料理切手を持って来て下さい」

「心得た」

「じゃあ、後はあっしたちが引き受けますよ」

「お願いします」

「平八郎さん、あっしは今晩、ここに泊めて貰います。何かあれば報せ下さい」

長次は笑った。

「分かりました。じゃあ」

平八郎は、大番屋を後にして室町の献残屋『鶴屋』に夜道を急いだ。


献残屋『鶴屋』の裏口の軒行燈は灯されていた。

平八郎は辺りに不審なところがないのを確かめ、裏口の戸を小さく叩いた。

「何方《どなた》です」

文吉の警戒した声が、裏口の戸の向こうから聞こえた。

「私だ」

裏口の戸が僅かに開き、文吉の眼が覗いた。

平八郎は笑ってみせた。

裏口の戸が開いた。

平八郎は、素早く中に入って戸を閉めた。

文吉と富松が、木刀と六尺棒を握り締めて笑っていた。

平八郎は苦笑した。

「どうなりました」

文吉が身を乗り出した。

「うん。いろいろ分かった。おそのさんと徳兵衛さんたち、まだ起きているかな」

「はい。みんな心配して起きています」

富松が頷いた。

「よし」

平八郎は框にあがった。


裏土間に張り詰めていた緊張が解けた。

平八郎は、事件のからくりをおそのと徳兵衛たちに詳しく教えた。

「そうでございましたか……」

おそのは小さな吐息を洩らした。

「ま。後は南町奉行所に任せるべきでしょう」

平八郎は告げた。

「はい」

おそのは頷いた。

「お言葉ですが矢吹さま。金子さまはお旗本松浦さまの御家中。町奉行所は……」

徳兵衛は、白髪眉をひそめて心配した。

「その通りです。ですが、南町にも人はいます。黙って見逃しはしませんよ」

平八郎は微笑んだ。

「そうですか……」

徳兵衛は、安心したように頷いた。

「それでおそのさん、江戸善の料理切手、南町奉行所に預けたいのですが」

「はい。番頭さん……」

「只今……」

徳兵衛は手燭を手にし、『江戸善』の料理切手を取りに店に向かった。

『江戸善』の料理切手は、店の帳場に置いてある。

徳兵衛が料理切手を取り出そうとした時、店の潜り戸が音を鳴らした。

誰かが潜り戸を抉《こ》じ開けようとしている。

徳兵衛は、『江戸善』の料理切手を懐に入れ、急いで裏土間に戻った。

「矢吹さま……」

徳兵衛は蒼《あお》ざめ、微かに声を震わせた。

「どうしました」

平八郎は、徳兵衛の様子に只ならぬものを察知した。

「何者かが、店の潜り戸を抉じ開けようとしております」

おそのと文吉たちは、一瞬にして恐怖に凍てついた。

水野に業を煮やした金子の押し込み……。

平八郎はそう睨んだ。

「分かりました。文吉、おそのさんや徳兵衛さんたちと奥に隠れていろ。富松、裏庭から隣りの家との塀を越え、大番屋に走ってくれ。長次さんがいるはずだ」

「はい」

富松は張り切って裏庭に走った。

「矢吹さま……」

おそのは心配げな眼を向けた。

「心配ありません」

平八郎は励ました。

「文吉」

「はい。さあ、お嬢さま、おはつも早く」

文吉は、おそのやおはつを促し、徳兵衛おはま夫婦と奥に急いだ。

平八郎は見送り、店に向かった。


店の潜り戸は抉じ開けられた。

金八が、油断なく店内に忍び込んで来た。刹那《せつな》、暗がりから現れた平八郎が、金八の首筋に手刀を鋭く打ち込んだ。金八は、呻き声を洩らす暇もなく気を失って倒れた。

平八郎は潜り戸の脇に忍び寄り、表の様子を窺った。

殺気を孕《はら》んだ人影が表に潜んでいた。

一人、二人、三人、四人……。

平八郎は、四人の人影を確認した。

「どうだ金八……」

表から千造の声がした。

平八郎は、気を失っている金八の襟首と帯を摑み、一気に表に放り出した。

潜り戸から金八が飛び出して来た。

浪人は金八と気付かず、咄嗟に抜き打ちの一太刀を放った。金八は背中を斬られ、血を撒き散らして転がり倒れた。

「金八……」

千造と浪人たちは驚いた。

金八は苦しげに呻いて絶命した。

平八郎は素早く表に出た。

千造と三人の浪人は、素早く間合いを取って平八郎を取り囲んだ。

「金子誠之助に雇われたのか」

平八郎は、潜り戸を背にして身構えた。

「黙れ」

浪人の一人が、猛然と平八郎に斬り付けてきた。

平八郎は鋭く踏み込んで間合いを詰め、抜き打ちの一刀を放った。斬り付けた浪人は、胸元を斬りあげられて独楽《こま》のように廻った。平八郎は、そのまま一人目の浪人に襲い掛かった。意表を突かれた二人目の浪人は後退した。

平八郎は迫った。三人目の浪人が、背後から平八郎に斬り掛かった。平八郎は身を沈め、片膝を突いて背後を廻し斬った。三人目の浪人は、腹を斬られて崩れた。後退りしていた二人目の浪人が、体勢を立て直して平八郎に斬り込んだ。平八郎はその斬り込みを弾き飛ばした。

刃が咬み合い、夜の暗がりに火花が散った。

二人目の浪人は猛然と反撃した。平八郎は後退した。

千造が、その隙を突いて『鶴屋』に入った。

「おのれ……」

しまった……。

平八郎は追おうとした。だが、二人目の浪人は執拗に斬り掛かってきた。平八郎の袖が斬り飛ばされた。平八郎はかまわず踏み込み、振り向きざまに刀を上段から閃かせた。

二人目の浪人は袈裟懸けに斬られ、大きく仰け反って倒れた。

残るは千造……。

平八郎は、千造を追って『鶴屋』に駆け込んだ。

千造は帳場に明かりを灯し、料理屋『江戸善』の料理切手を探していた。

「江戸善の料理切手、そんな処にはない」

店内に戻った平八郎は、猛然と千造に迫った。

千造は平八郎に帳簿や硯《すずり》を投げ付け、脇差を抜いて振り廻した。

平八郎は千造の脇差を巻き落とし、激しく蹴り飛ばした。千造は飛ばされ、板壁に激突して土間に落ちた。『鶴屋』が大きく揺れた。

平八郎は、倒れている千造に迫った。

千造は眼を血走らせて逃げた。獣《けもの》のように土間を這い、潜り戸から外に逃げ出した。途端に男たちの怒声があがった。

平八郎は外に出た。

伊佐吉が千造を捻じ伏せ、亀吉が縄を打っていた。そして、長次が倒れている金八と浪人たちの様子を診《み》ていた。

「やあ。来てくれましたか」

「どうにか間に合ったようですね」

伊佐吉は小さく笑った。

平八郎は、大きく息を吐いて刀を納めた。

「矢吹さま……」

丁稚の富松が、暗がりから平八郎に駆け寄った。

「ご苦労だったな、富松。おそのさんと文吉に終わったと報せてくれ」

「はい」

富松は、嬉しげに顔を輝かせて『鶴屋』に駆け込んだ。

「逃げた者はいますかい」

伊佐吉は、縛りあげた千造を亀吉に任せて立ち上がった。

「千造と金八、浪人が三人のはずです」

「逃げた者はいませんか……」

「きっと……」

「浪人どもは息がありますが、金八は駄目ですね」

長次は眉をひそめた。

平八郎は、急所を外して浪人たちを斬った。だが、金八は浪人たちの出方を探るために利用した。

平八郎に後味の悪さが残った。

近所の者たちが恐ろしげに現れ、自身番の番人たちが駆け付けて来た。

伊佐吉は、浪人たちを医者の許に送り、千造を大番屋に引き立てた。

騒ぎは終わった。

日本橋通り室町二丁目は、いつもの静かな夜に戻った。


南町奉行所の庭には日差しが溢れていた。

平八郎は、料理屋『江戸善』の料理切手を検《あらた》める与力の結城半蔵を見守っていた。

高村と伊佐吉が傍らに控えていた。

「これが噂の江戸善の料理切手か……」

結城半蔵は、厳《いかめ》しい面持ちで料理切手を置いた。

「はい」

平八郎は頷いた。

「松浦家用人見習いの水野純一郎によれば、この切手一枚で酒と料理の他に女と博奕が楽しめるそうです」

「おのれ。高村、遠慮は無用だ。急ぎ向島の江戸善に赴き、主をはじめとした者どもをお縄にして参れ」

結城半蔵は命じた。

高村と伊佐吉は、捕り方を従えて向島に赴いた。

「矢吹平八郎どのか……」

「はい」

「良くやってくれた。礼を申します」

半蔵は笑った。

平八郎は、半蔵の剛直さの中に底知れぬ懐の深さと、優しさを感じた。

料理屋『江戸善』の主と奉公人たちは捕らえられ、店は闕所《けっしょ》とされた。

大名家の留守居役と旗本家の用人たちは、激しく驚き狼狽した。狼狽したのは主の大名や旗本たちも同じだった。

家臣の不始末は、主の家中取締まり不行届きでもある。

料理屋『江戸善』の闕所は、静かに波紋を広げて行った。

留守居役や用人たちの中には、切腹したり逐電する者が現れた。松浦家用人の金子誠之助も切腹した一人だった。そして、主の松浦一学は大目付を御役御免となり、公儀から閉門蟄居《ちっきょ》を命じられた。

水野純一郎は、『江戸善』の料理切手のからくりを証言したのを理由に罪を減じられて放免され、浪人となって江戸の片隅に消えて行った。

献残屋『鶴屋』は、いつもの通りの商いを続けていた。

主のおその、番頭の徳兵衛おはま夫婦と倅で手代の文吉、丁稚の富松と女中のおはつたちは、互いに信じ合い支え合って真面目に働き、地道に暮らしていくだろう。

平八郎は、おそのと楓川沿いの道を歩いた時を懐かしく思い出した。

懐かしさは爽やかさに包まれ、時の流れと一緒に過ぎ去って行く。

平八郎の献残屋『鶴屋』の用心棒は終わった。

第四話　便《たよ》り屋

一

お地蔵長屋の木戸口にある古い地蔵の頭は、朝陽に輝いていた。

平八郎は古い地蔵に手を合わせ、その輝く頭をさっとひと撫《な》ぜして明神下の通りに向かった。

神田明神下の通りにある口入屋『萬屋』は、その日の日雇い仕事の周旋を終わっていた。

平八郎は、『萬屋』の主の万吉に数日に亘《わた》る率の良い仕事がないかを尋ねた。

「そんな都合のいい仕事、滅多にありませんよ」

万吉は、狸面《たぬきづら》に嘲《あざけ》りを浮かべた。

「そうか……」

平八郎は肩を落とした。

「ま、手前の勧める仕事を黙ってやるのなら話は別ですがね」

万吉は、値踏みするような視線を平八郎に送った。

「どんな仕事かな」

「便《たよ》り屋ですよ」

「便り屋……」

「ええ。給金は一日四百文で期日は好きなだけです。如何《いかが》ですか」

「う、うん……」

〃便り屋〃とは町飛脚の事であり、江戸市中から手紙を集め、配達するのが仕事だ。

「一日歩き廻って四百文か……」

平八郎は、一日中歩き廻る己《おのれ》の姿を想像し、微かに身を震わせた。

「ええ。でも、良い報せの時は、思わぬ心付けをいただける事もあるそうですよ」

万吉は狸面を崩して笑った。

「ま。懐も淋《さび》しくなったから、やってみるか」

平八郎は迷った挙句《あげく》に決めた。

「で、何処《どこ》に行けばいいんだ」

「浅草は花川戸のふみ屋六兵衛《ろくべえ》さんの店に行ってください」

浅草花川戸の『ふみ屋六兵衛』……。

平八郎は、万吉に周旋状を貰って浅草花川戸に向かった。

『ふみ屋六兵衛』は、江戸市中に集配所を三ヶ所持って商いをしていた。日本橋の人《にん》形町《ぎょうちょう》、江戸の南の芝《しば》、そして北の浅草花川戸の三ヶ所だった。

平八郎は、その一つである浅草花川戸の店に向かった。

〝便り屋〟は、風鈴を下げた文籠を担いで歩いた。

手紙を送る人たちは、直《じか》に店に持参するか、文籠に下げた風鈴の音を聞きつけて配達を頼んだ。

平八郎は、明神下の通りを下谷に抜け、御徒町《おかちまち》を横切って浅草寺前の広小路に出た。

浅草花川戸は、浅草寺と隅田川の間にあった。

平八郎は、『ふみ屋六兵衛』の暖簾を潜った。

「やあ、丁度良かった。お待ちしていましたよ」

花川戸の店を任されている番頭の善助《ぜんすけ》は、平八郎が来るのを待ちかねていた。

「えっ……」

平八郎は戸惑った。

「矢吹平八郎さん、神道無念流の達人だそうですね」

「はあ、達人ってのは大袈裟ですがね……」

善助は、平八郎の事を知っていた。それは、『萬屋』万吉に教えられたのに相違ない。だとしたら、万吉は『ふみ屋六兵衛』の仕事を最初から平八郎にやらせる魂胆だったのだ。

狸親父め……。

万吉はそれを隠し、勿体振《もったいぶ》って平八郎に仕事を振ったのだ。

「それで、早速ですが矢吹さん、今日頼まれたこの手紙を、本所の回向院裏まで届けて下さい」

善助は一通の手紙を差し出した。


風鈴の音は可憐《かれん》に響いた。

平八郎は、手紙を入れた文籠を腰に結び、大川に架かる吾妻橋を渡った。

平八郎の腰で鳴る風鈴の音は、大川を吹き抜ける川風に乗って響いた。

吾妻橋を渡った平八郎は、大川沿いを下流に進んだ。

公儀の材木蔵である御竹蔵の前を抜けると横網《よこあみ》町になり、本所回向院の伽藍《がらん》が見えた。

手紙の宛先は、回向院傍《そば》の本所松坂町《まつざかちょう》一丁目にある『弁天屋《べんてんや》』の主の滝蔵《たきぞう》だ。

平八郎は急いだ。

『弁天屋』は、土間に人相の悪い若い衆が屯《たむろ》する地回りの一家だった。

「邪魔をする」

平八郎は、『弁天屋』の敷居をまたいだ。

「何だ、手前」

若い衆の一人が大声で威嚇《いかく》した。

「便り屋だ。滝蔵さんはいるか」

平八郎は、苦笑しながら威嚇した若い衆に尋ねた。

「手紙なら預かるぜ」

「そうはいかん。滝蔵さんに手渡す」

「手前……」

若い衆は怒りを露わにし、平八郎の胸倉を摑《つか》もうとした。

「止めろ。銀次《ぎんじ》」

兄貴分らしき痩せた男が厳しく止めた。

「丈吉《じょうきち》の兄い」

「うるせえ。さっさと親分を呼んでこい」

銀次と呼ばれた若い衆は、不服気に平八郎を睨《にら》み付けて奥に向かった。

「今、親分を呼んでくる。待っていてくれ」

丈吉は、鋭い眼差しで平八郎を一瞥《いちべつ》した。

探っている……。

丈吉は平八郎を剣の遣い手と睨み、その腕を探ろうとしている。

平八郎は丈吉に笑い掛けた。

丈吉は顔を背けた。

「俺に手紙だとぉ……」

滝蔵が、銀次を従えて奥から出て来た。

「へい。便り屋……」

丈吉が平八郎を促《うなが》した。

「うん。お前さんが弁天屋の滝蔵さんか」

平八郎は、框の上の滝蔵を見上げた。

「ああ」

平八郎は、腰の文箱から手紙を取り出して滝蔵に渡した。

「ほう、吉野屋《よしのや》の旦那からだ……」

滝蔵は差出人を確かめ、手紙の封を切って読み始めた。

「じゃあ、確かに渡したぞ」

返事を貰う事にはなっていない。平八郎は『弁天屋』を出ようとした。

「待ちな。便り屋」

滝蔵が呼び止めた。

「何だ」

「困った事をしてくれたな」

滝蔵の言葉を合図のように、銀次たち若い衆が平八郎を取り囲んだ。

「どうかしたか……」

平八郎は、滝蔵に怪訝な眼を向けた。

「この手紙、昨日届けてくれなかったから大損をしちまったぜ」

滝蔵は、薄笑いを浮かべて手紙を振った。

「そうか、何の事だか良く分からぬが、そいつは残念だったな」

「惚《とぼ》けやがって。お前たちがこの手紙を昨日の内に届けなかったから大損したんだ。

大損の弁償、どうしてくれるんだい」

滝蔵は、顔を凶暴に歪《ゆが》ませて怒声をあげた。

「そいつは妙だ。手紙は今日、頼まれたんだ。文句があるなら差出人に云うのが筋だろう」

平八郎は苦笑した。

「馬鹿野郎。手紙は三日前にふみ屋六兵衛に頼んだんだ。落とし前として切り餅一つ、二十五両を持って来い。持ってこなけりゃあ、手前のところの便り屋、本所で仕事が出来なくなるぜ」

「なるほど、そいつが狙いか」

平八郎は思わず苦笑した。

『弁天屋』滝蔵は、便り屋に因縁をつけて強請《ゆす》りたかりを働こうとしているのだ。おそらく手紙の差出人も仲間に違いない。

「手前……」

滝蔵はいきり立った。

「親方……」

丈吉は、滝蔵を止めようとした。

「うるせえ。黙っていろ丈吉」

滝蔵は、丈吉を突き飛ばした。丈吉は板壁に飛ばされて倒れた。その時、丈吉の眼に凶暴な輝きが過《よぎ》った。

「便り屋、どうしても弁償しねえってのか」

滝蔵は凄味《すごみ》を利かせた。

「ああ。地回りの馬鹿な強請りたかりに付き合う暇《ひま》はない」

平八郎は平然と応じた。

刹那《せつな》、銀次が猛然と平八郎に殴り掛かってきた。

平八郎は、殴り掛かってきた拳《こぶし》を摑み、大きく捻《ひね》りを加えた。

腰の風鈴が爽やかな音色を鳴らした。

銀次は悲鳴をあげ、大きく弧を描いて土間に叩きつけられた。

「やるか。相手になるぞ」

平八郎は楽しげに笑った。

若い衆が、雄叫びをあげて平八郎に殺到した。

平八郎は風鈴を鳴らして応戦した。

殴り、蹴り、そして叩きのめした。

壁が崩れ、障子が破れ、床が抜け、天井から土埃《つちぼこり》が落ちて舞った。

平八郎に容赦《ようしゃ》はなかった。

銀次たち若い衆は、次々に土間に這いつくばった。

滝蔵は驚愕し、恐怖に震えて逃げようとした。平八郎はその襟首を鷲掴みにし、背後から首を締め上げた。滝蔵は眼を白黒させ、苦しくもがいた。だが、平八郎は締め続けた。

「これでもふみ屋六兵衛の便り屋は、本所で仕事が出来ないか」

平八郎は問い質《ただ》した。

滝蔵は苦しく呻《うめ》き、必死に首を横に振った。

「よし」

平八郎は、仕上げの一締めを滝蔵に加えた。滝蔵は落ちた。湯気のたつ小便を垂れ流して、だらしなく土間に崩れ落ちた。

平八郎は振り返った。

丈吉が、呆然と立ち尽くしていた。

「やるか……」

「とんでもねえ」

丈吉は我《われ》に返り、慌てて首を横に振った。

「そうか。邪魔をしたな」

平八郎は微笑み、『弁天屋』を後にした。

風鈴の音色が爽やかに鳴り響いた。


本所竪川には荷船が行き交っていた。

何もかも『萬屋』万吉が、『ふみ屋六兵衛』の番頭・善助と仕組んだ事なのかもしれない。

平八郎は思いを巡らせた。

『ふみ屋六兵衛』の善助は、『弁天屋』滝蔵の強請りたかりに困り、『萬屋』万吉に相談した。そして、万吉は平八郎を利用しようと企てた。それも、便り屋の日当だけで安く使う事にしたのだ。

万吉の目論見《もくろみ》は上手くいった。

狸親父め……。

平八郎は腹立たしさを覚えた。同時に、万吉たちの巧妙さに感心した。

川風が吹き抜け、風鈴が揺れて鳴った。

「便り屋さん……」

女の呼ぶ声がした。

平八郎は辺りを見廻した。

「こっちです」

女の声は、仕舞屋《しもたや》の黒塀にある木戸口から聞こえた。

平八郎は、怪訝な面持ちで木戸口に近づいた。木戸の戸が僅かに開けられ、細面《ほそおもて》の女の顔が覗いていた。

「便り屋さんですね」

二十歳代後半と思われる女は、美しい顔に怯《おび》えを滲ませて囁《ささや》いた。

「ええ。御用ですか」

「はい。この手紙を浅草橋場《はしば》の銀杏《いちょう》長屋に住む仁吉《にきち》さんに、おゆりからだと届けて下さい。これはお代です」

おゆりは、手紙と一緒に一朱銀を平八郎に握らせた。

本所松坂町一丁目から浅草橋場までは、そう遠くもなく配達料は三十文ほどだ。

「返事は……」

「結構です」

おゆりは、哀しげに首を横に振った。

「じゃあ、釣りですが……」

平八郎は巾着《きんちゃく》を探った。

「おゆり、おゆりは何処《どこ》にいる」

老爺の苛立つ声が仕舞屋に響いた。

「は、はい。只今。お釣りは結構です。よろしくお願いします」

おゆりは、平八郎に手を合わせて木戸を閉めた。

平八郎は、手紙と一朱銀を握って取り残された。

「浅草橋場銀杏長屋に住む仁吉さんに、おゆりさんからか……」

手紙には小判が入っている手触りがした。

届けるしかない……。

平八郎は、手紙を文籠に入れて腰に結んだ。

「何をしている」

仕舞屋から二人の浪人が現れ、平八郎を咎《とが》めるように睨みつけた。

「別に……」

平八郎は浪人たちを一瞥し、足早に浅草に向かった。

風鈴が鳴った。

横網町から大川沿いの道に出た平八郎は、御竹蔵の前を抜けて吾妻橋に向かった。

大川の流れを挟んだ対岸には、公儀の御米蔵、御厩《おうま》河岸、駒形堂などが見えた。

平八郎は吾妻橋を渡った。

浅草橋場は隅田川の上流にある。

平八郎は、吾妻橋の西詰を隅田川沿いに北に向かった。花川戸町から山谷堀に架かる今戸橋を渡り、今戸町を尚も進むと橋場になる。

平八郎は、風鈴を鳴らして急いだ。


銀杏の古木は長屋の木戸口にそそり立っていた。

平八郎は、風鈴を鳴らして一番奥の家に向かった。

「仁吉さんはいますか」

平八郎は、一番奥の家の腰高障子を叩いた。

「はい……」

中年男が腰高障子を開けて顔を出した。

「仁吉さんですか」

平八郎は尋ねた。

「へい……」

仁吉は怯えたように頷いた。家の中に幼い子供の姿が見えた。

「手紙を預かって来ました」

平八郎は、文箙から手紙を取り出して仁吉に差し出した。

「誰からですか」

仁吉は不安げに手紙を見つめた。

「おゆりさんからです」

「おゆり……」

仁吉は顔色を変え、平八郎から手紙を受け取った。手紙の中から一枚の小判が滑《すべ》り落ち、地面で音を鳴らして跳《は》ね返った。だが、仁吉は小判に眼もくれず、手紙を貪《むさぼ》るように読んだ。平八郎は落ちた小判を拾い、仁吉が手紙を読み終わるのを待った。

仁吉は、手紙を読み終わった。

「それでおゆりは、おゆりは達者にしていましたか」

「ええ。きっと……」

平八郎は戸惑いながらも頷いた。

「良かった」

仁吉は手紙を見つめた。

「おとっちゃん……」

四歳ほどの男の子が、仁吉の脚《あし》にしがみついて見上げた。

「新太《しんた》。おっかちゃんが、良い子にしているかって……」

「おっかちゃんが……」

「ああ。おとっちゃんの云う事を聞いて良い子にって……」

仁吉は鼻水をすすった。

おゆりは仁吉の女房であり、新太の母親なのだ。だが、おゆりは亭主や子供と別れ、本所松坂町で暮らしている。

どういう事なのだ……。

平八郎は疑問を抱いた。

「おとっちゃん、おっかちゃんの処に行こう」

「駄目だ、新太。そいつは出来ないんだよ」

「おっかちゃん……」

新太は泣き出した。

「新太……」

仁吉は泣き出した新太を抱き、懸命になだめた。そして、なだめている内に自分も泣き出した。

隣り近所のおかみさんたちが怪訝な顔を覗かせた。

「仁吉さん、ここではなんだ。さあ……」

平八郎は、新太を抱いて泣いている仁吉に家に入るように促《うなが》した。

二

家の片隅には、茶道具の茶筅《ちゃせん》を作る削《けず》り台と様々な小刀。そして、素材の竹や出来上がった茶筅があった。

仁吉は茶筅作りの職人だった。

平八郎は、あがり框に腰掛けて小判を差し出した。

「これは……」

仁吉は、濡れた眼に戸惑いを浮かべた。

「おゆりさんの手紙に入っていました」

「そうでしたか……」

仁吉は、小判を両手で握り締めた。

「仁吉さん、余計なお世話かも知れませんが、おゆりさんはどうして本所にいるのですか」

「それは……」

仁吉は困惑し、言葉に詰まった。

「すいません。出過ぎた真似でした」

平八郎は慌てて謝った。

「いえ……」

仁吉は項垂《うなだ》れた。

「じゃあ、私はこれで……」

平八郎は立ち上がった。

風鈴が鳴った。

「便り屋さん……」

仁吉が呼び止めた。

「はい」

平八郎は立ち止まった。

「おゆりの手紙、良く届けてくれました。この通り、お礼を申します」

仁吉は手を突いて頭を下げた。

「礼だなんて、じゃあ……」

平八郎は、困惑しながら仁吉の家を出た。

仁吉と新太の啜り泣きが再び始まった。

平八郎は、二人の啜り泣きを背にして銀杏長屋を後にした。


「本当にご苦労さまでした。どうぞ」

『ふみ屋六兵衛』の番頭の善助は、相好を崩して平八郎に茶を差し出した。

茶は芳《かぐわ》しく香った。

「いただきます」

平八郎は茶を啜った。茶は上等なものであった。

「それで、弁天屋の滝蔵は……」

「つまらぬ因縁をつけ、強請りたかりを働こうとしたので、厳しく叩きのめしてやりましたよ」

「厳しくですか……」

「ええ。ふみ屋六兵衛の者には二度と手出しはしないでしょう」

「それはそれは、流石《さすが》は矢吹平八郎。神道無念流ですねえ」

善助は感心し、褒《ほ》めちぎった。

「萬屋の親父の云う通りだったか」

「ええ。云った以上ですよ」

善助は思わず口を滑らせた。

やはり、万吉と善助の仕組んだ事だ……。

平八郎は、善助を冷たく一瞥した。

「あっ」

善助は慌てて口を押さえた。

「語るに落ちるって奴ですね」

平八郎は苦笑した。


日が暮れた。

平八郎は、約束通り四百文の給金を貰って『ふみ屋六兵衛』を出た。そして、浅草広小路から下谷に抜け、神田明神下に帰ろうとした。その時、先を行く父子連れに気が付いた。

父子連れは、新太を連れた仁吉だった。

どこに行くんだ……。

平八郎は気になった、

仁吉と新太は、隅田川に架かる吾妻橋に向かった。

本所のおゆりの処に行く……。

平八郎は、おゆりのいる仕舞屋から浪人が出て来たのを思い出した。

新太を連れた仁吉は、吾妻橋を渡って本所に進んだ。

平八郎は追った。

隅田川の流れには船の明かりが揺れていた。

本所松坂町一丁目には、竪川を行く荷船の櫓《ろ》の音が響いていた。

仁吉と新太は、黒塀に囲まれた仕舞屋を見上げた。

仕舞屋は静まり返っていた。

平八郎は暗がりに潜み、仁吉と新太を見守った。

「おっかちゃん」

新太の声が、いきなり夜の静寂《しじま》に響いた。

「新太」

仁吉が慌てて新太を抱き、その場を離れようとした。

「嫌だ。おっかちゃん」

新太は泣き叫んで暴れた。

「おっかちゃん……」

新太は叫んだ。

「新太、新太ぁ」

おゆりの悲痛な叫び声が、仕舞屋から聞こえた。

「おっかちゃん」

「おゆり」

仁吉は、新太を抱いたまま立ち竦《すく》んだ。

仕舞屋から二人の浪人が駆け出して来た。

平八郎は暗がりを飛び出した。

仁吉は新太を抱き、慌てて逃げようとした。

「待て、下郎」

浪人の一人が、新太を抱いた仁吉の背に斬り付けた。

刹那、平八郎が刀を閃かせながら飛び込んだ。

刃の咬み合う音が甲高く響き、火花が飛び散った。

浪人は大きく仰け反った。

平八郎は、素早く仁吉と新太を後ろ手に庇《かば》った。

「お侍さん」

「逃げろ」

平八郎は仁吉を遮った。

二人の浪人はそれを許さず、左右から平八郎と新太を抱いた仁吉に迫った。平八郎たちは竪川に追い詰められた。

平八郎が斬って出れば、仁吉と新太が斬られる。

浪人どもを斬り棄てるしかない……。

平八郎は覚悟を決めた。

「便り屋の旦那」

竪川から男の平八郎を呼ぶ声がした。平八郎は竪川を一瞥した。見覚えのある若い男が、猪牙舟《ちょき》を操っていた。

「早く」

若い男は、早く猪牙舟に乗れと促した。

逃げるにはそれしかない……。

平八郎は、猛然と二人の浪人に斬って出た。二人の浪人は、素早く後退して間合いを取った。

「仁吉さん、早く猪牙に……」

平八郎は仁吉を促した。

「へ、へい」

仁吉は頷き、新太を抱いて猪牙舟に乗った。

「旦那」

若い男が平八郎を呼んだ。

「猪牙を出せ」

平八郎は叫び、猪牙舟に駆け寄ろうとした浪人に刀を鋭く一閃した。浪人は肩口から血を振り撒き、刀を落とした。次の瞬間、平八郎は猪牙舟を追って岸辺を蹴った。

猪牙舟は大きく左右に揺れた。若い男は必死に棹《さお》を操り、揺れを制しようとした。仁吉は船縁を握り締め、新太は仁吉にしがみついた。猪牙舟の揺れは治まり、若い男は力強く棹を押した。

猪牙舟は、平八郎と仁吉父子を乗せて竪川から大川に出た。若い男は、猪牙舟を一気に大川の流れに乗せた。

追って来た浪人の姿が遠ざかって行く。

平八郎は、安堵の吐息を洩らした。

「仁吉さん、怪我はないか……」

「はい。お蔭さまで……」

仁吉は、新太を抱いたまま頭を下げた。

「礼を云うなら、船頭さんだ」

平八郎は、猪牙舟を漕いでいる若い男を振り返った。

「ありがとうございました」

「助かった。礼を申す」

平八郎と仁吉は、船尾で櫓を漕いでいる若い男に頭を下げた。

「とんでもねえ。で、旦那、何処に着けましょうか」

若い男は笑った。

「お前……」

平八郎は驚いた。若い男は、地回り『弁天屋』にいた丈吉だった。

「へい。昼間はお世話になりました」

「弁天屋はどうした」

「親方が小便洩らしちゃあ示しがつきません。一家はあっという間に散り散り。あっしも親方のさもしいやり口に嫌気がさしていましてね。盃《さかずき》返して元の船頭に戻ったってわけです」

丈吉は己を嘲笑った。

「そいつは良い。じゃあ、神田川に入って昌平橋《しょうへい》の船着場に行ってくれ」

「分かりました」

丈吉は、櫓を操って猪牙舟の舳先を変えた。

大川の流れは月明かりに煌《きら》めいていた。

鍋は湯気を立ち昇らせた。

「さあ、出来た」

平八郎は、野菜屑を入れた雑炊《ぞうすい》の鍋を竈《かまど》から火鉢に移した。そして、椀に盛り、箸《はし》を添えて新太に差し出した。

「さあ、食べろ。美味《うま》いぞ」

「おとっちゃん……」

新太は仁吉を見上げた。

「いただきなさい」

仁吉は頷いた。

「うん」

新太は、湯気のあがる雑炊を食べ始めた。

「美味しい……」

新太は嬉しげに笑った。

「そうだろう。さあ、仁吉さんも食べて下さい」

「はい。ありがとうございます」

仁吉と平八郎は雑炊をすすった。

浪人たちは仁吉の家を知っている……。

平八郎は、仁吉と新太を銀杏長屋に帰さず、お地蔵長屋に連れて来た。

「酒、買って来ましたぜ」

丈吉が酒を買って来た。

「やあ、ご苦労さん。さあ、あがって雑炊を食べてくれ」

「こいつは美味そうな匂いだ。いただきます」

丈吉は、雑炊を椀についで食べ始めた。平八郎は茶碗に酒を満たし、仁吉と丈吉に差し出した。


新太は、平八郎の蒲団で眠りについた。

平八郎は、仁吉や丈吉と酒を啜った。

「銀杏長屋に戻るのは危ない。しばらくここにいるといいですよ」

「ありがとうございます」

「仁吉さん。おゆりさん、一体どうしたのですか」

「それは……」

仁吉は躊躇《ためら》った。

「あの浪人どもは、金貸し勝五郎《かつごろう》の用心棒ですが、勝五郎と何かあったんですかい」

丈吉が怪訝に尋ねた。

がいるのだ。

「金貸し勝五郎……」

平八郎は眉をひそめた。

本所松坂町一丁目の仕舞屋は、金貸し勝五郎の別宅だった。そして、そこにおゆりがいるのだ。

仁吉は、思い切ったように茶碗の酒を呷《あお》り、訥々《とつとつ》と話し始めた。

「一年前、新太が流行《はや》り病に罹《かか》り、薬代がなくて勝五郎から五両の金を借りたんです。その利息が積もり積もって十両になり……」

仁吉は鼻水を啜った。

金貸し勝五郎は、十両の借金の形におゆりを妾に差し出せと告げて来た。仁吉とおゆりは愕然とした。だが、仁吉夫婦に十両の借金を返す手立てはなかった。おゆりは、ある日突然家を出て勝五郎の許に行った。そこには、おゆりの哀しい覚悟があった。

おゆりが立ち去って二ヶ月が過ぎていた。

仁吉は、零れる涙を隠すように酒を呷った。

「勝五郎らしい酷《ひど》い真似だぜ……」

丈吉は吐き棄てた。

「金貸し勝五郎、評判悪いのか……」

「そりゃあもう。利息が増えたのも、おゆりさんを狙っての企みに決まっていますぜ」

「だとしたら許せん奴だな……」

平八郎は怒りを覚えた。

「どうします」

丈吉は、平八郎に暗い眼を向けた。

「どうするって……」

「勝五郎は叩けば埃の立つ野郎です。そいつを摑んで脅しを掛け、おゆりさんを取り戻すってのは如何です」

「流石は元弁天屋の若い衆だな……」

平八郎は、丈吉の企てに感心した。

「そいつを云っちゃあお仕舞いですぜ」

丈吉は苦笑した。

「平八郎さん、あっしも子供の頃に母親と生き別れになりましてね。新太におっかちゃんを取り戻してやりてえんですよ」

丈吉は茶碗酒を飲んだ。

平八郎は、丈吉の過去の欠片《かけら》を見た。

「よし。このままじゃあ埒《らち》があかない。やるだけやってみるか」

平八郎は決めた。

「そうこなくっちゃあ……」

丈吉は、平八郎と仁吉の湯呑茶碗に酒を満たし、手酌で飲んだ。

夜風が微かに唸った。


金貸し勝五郎は、浅草田原町《たわらまち》に店を構えていた。その評判は、丈吉のいう通り決して良いものではなかった。

金を高利で貸し、期限までに返済しなかった時には、情け容赦なく家屋敷を取り上げたり、女房娘を身売りさせたりした。

勝五郎は、返済出来ない仁吉の借金の形におゆりを妾にした。

平八郎と丈吉は、勝五郎の身辺を探った。

勝五郎は、己の評判の悪さを熟知しており、用心棒の河村伝内《かわむらでんない》と石原作之助《いしはらさくのすけ》を常に身辺に置いていた。そして、三日に一度、おゆりを囲っている本所の仕舞屋に通っていた。本所の仕舞屋には、おゆりの世話と見張りをかねた老下男夫婦がいた。

そんな金貸しの勝五郎でも、金を何処からも借りられなく困り果てた者は訪れた。

平八郎と丈吉の探索は続いた。


金貸し勝五郎は、河村と石原を従えて借金の取立てに廻っていた。

平八郎と丈吉は勝五郎を尾行《つけ》廻し、厳しい取立てを目《ま》の当たりにした。

勝五郎は、下谷御徒町に住む御家人の屋敷に取立てに訪れた。

屋敷といっても微禄の御家人の家だ。古い板塀に木戸門があり、八畳二間と六畳二間に台所がある狭い家だった。

「取立てですかね」

「うん……」

「それにしても御家人ってのは、どうして貧乏人が多いんですかね」

丈吉は首を捻った。

「丈吉、旗本御家人の扶持米《ふちまい》ってのは、物の値段が幾《いく》らあがっても、ご先祖さまが大昔、権現さまに貰ったままであがりゃあしないんだよ」

「そりゃあ足りるはずがねえや」

丈吉は呆れた。

勝五郎は河村と石原を従え、木戸門を潜って玄関に向かった。

線香の匂いが漂っていた。

「平八郎さん……」

丈吉が戸惑いをみせた。

「線香の匂いだな」

平八郎は眉をひそめ、板塀の隙間から屋敷内を窺った。

勝五郎は、玄関先から声を掛けた。

泣きはらした眼の老婆が奥から出て来た。

勝五郎は己の名を告げ、主の笹川長一郎《ささがわちょういちろう》を呼んでくれと頼んだ。

老婆は、顔色を変えて奥に入った。

「おのれ、勝五郎」

主の笹川長一郎が、しがみつく老婆を引きずって現れた。

「止めて、止めておくれ、長一郎」

老婆は笹川長一郎の母親だった。

「邪魔をしないで下さい、母上」

笹川は、老母を突き飛ばして刀を抜いた。

勝五郎が後退りし、河村と石原が身構えた。

笹川は怒声をあげ、勝五郎に斬り掛かった。

勝五郎は咄嗟に転がって躱《かわ》した。笹川はなおも勝五郎に迫った。河村は二人の間に割って入った。だが、笹川は怯《ひる》まず、刀を振りかざして猛然と勝五郎に迫った。

「妻花枝《はなえ》の仇《かたき》、覚悟」

笹川が叫んだ。次の瞬間、石原が背後から笹川を袈裟懸けに斬った。笹川は血を振り撒き、苦しげに呻いて倒れた。

「長一郎」

老母が悲痛に叫び、笹川に縋《すが》りついた。だが、笹川は事切れていた。

「長一郎……」

老母は、笹川の遺体に縋って泣いた。

河村が家の中に入り、石原が倒れている勝五郎を助け起こした。

「大丈夫か」

「ああ。まったく馬鹿な真似をして……」

勝五郎は嘲笑した。

河村が家の中から出て来た。

「女房が死んでいる」

「借金の形に身売りするのが嫌で自害したのか」

石原が睨んだ。

「きっとな……」

河村は嘲笑を浮かべた。

「やれやれ、これで貸した二十両は取り戻せないか」

勝五郎は、悔しげに吐き棄てた。

「婆さん、見てのとおり斬り掛かって来たのは、お前さんの倅《せがれ》の方で、こっちは火の粉を払ったまでだよ」

「人殺し……」

老母は憎悪を露わにした。

勝五郎は老母を無視し、河村と石原を従えて笹川の屋敷を後にした。

平八郎と丈吉は、立ち去って行く勝五郎たちを路地に潜んで見送った。

老母のすすり泣きが洩れた。

「野郎。どうします」

丈吉は怒りを滲ませた。

「ここは武家地。町奉行所の支配違いだ。笹川は借金を返さないで断り掛かった。悪いのは笹川って事だ」

平八郎は、勝五郎の狡猾さに憮然とした。

三

浅草駒形町の老舗鰻屋『駒形鰻』は、昼飯の客で賑《にぎ》わっていた。

岡っ引の伊佐吉は眉をひそめた。

「金貸しの勝五郎ですか……」

「うん。知っているかな」

平八郎は、伊佐吉の母親で『駒形鰻』の女将のおとよが御馳走してくれた鰻丼を頬張りながら頷いた。

「噂、いろいろ聞いていますよ」

「お縄に出来ないのか」

「狡猾な野郎でしてね。御法度《ごはっと》ぎりぎりで動いていやがる」

「そうか……」

平八郎は鰻丼を食べ終え、茶をすすった。

「何かあったんですか」

「うん。実はな……」

平八郎は、おゆりの一件を話して聞かせた。

「勝五郎の野郎……」

伊佐吉は苛立ちを見せた。

「新太の為にもどうにかしてやりたくてな」

平八郎は吐息を洩らした。

「まったくで……」

伊佐吉は頷いた。

「で、勝五郎は今も取立てを……」

「うん。丈吉って本所の地回り崩れの若い衆が尾行《つけ》廻している」

「本所の地回り崩れ……」

伊佐吉は眉をひそめた。

「ああ。機転の利く役に立つ奴だ」

「そうですか……」

「なあ親分、どうにかならんかな」

平八郎は、伊佐吉に手を合わせた。

「分かりました。勝五郎に関わる悪い噂、調べてみますよ」

伊佐吉は苦笑した。


勝五郎は取立てを終え、浅草田原町の店に戻った。

「用心棒の河村と石原もか……」

「ええ。もっともその後、河村は仲に出掛けましたがね。河村と石原、きっと交代で息抜きをしているんですぜ」

丈吉は、尾行の結果を平八郎に報せた。

〝仲〟とは、新吉原《しんよしわら》の通称であり、河村は女郎遊びに行ったのだ。

仁吉と新太は、平八郎と丈吉のやりとりを心配げに聞いていた。

「平八郎さん、こうなりゃあ昼間、おゆりさんを連れ出しますか」

丈吉は身を乗り出した。

仁吉が驚いたように眼を見張った。

「連れ出す」

平八郎は戸惑った。

「昼間は下男の父っつぁんと婆さんが、おゆりさんを見張っているだけです。連れ出すのはどうって事ありませんよ」

「連れ出してどうする」

「あっしが猪牙で下総《しもうさ》にでも逃がしますよ。勿論、仁吉さんと新太も一緒にね」

丈吉は自分の企てに酔い、得意気に仁吉や新太に笑い掛けた。仁吉は顔を輝かせ、期待に胸をふくらませた。

「しかし、そうするとおゆりさんは、生涯逃げ回らなくてはならんぞ」

「でも、親子三人水入らずで暮らせれば……」

「そして、いつか勝五郎に捕まる。そうなれば今度は女郎屋に売り飛ばされるだろう」

「だけど……」

丈吉は言葉を失い、仁吉は項垂れた。

「ま。とにかく仁吉さんが作ってくれた飯を食べよう」

仁吉は、平八郎たちに世話になる礼に掃除洗濯をし、飯を作ってくれていた。

平八郎たちが晩飯を食べ終えた頃、長次が顔を見せた。

「こりゃあ長次さん」

「お邪魔しますぜ」

丈吉が茶を淹《い》れ、長次に差し出した。

「どうぞ」

「お前が丈吉さんかい」

「へい。お見知りおきを……」

平八郎は、長次に丈吉と仁吉たちを引き合わせた。

「それで長次さん、何か……」

「ええ。勝五郎の悪い噂、いろいろ調べたんですがね。一月《ひとつき》前、大川の御厩河岸に土左衛門であがった日本橋の呉服屋松乃屋《まつのや》の旦那の吉右衛門《きちえもん》、勝五郎に金を借りていましてね。利息で揉めていたそうですぜ」

「って事は、利息で揉めて勝五郎たちが……」

平八郎は睨んだ。

「早まっちゃあいけません。そいつは只の噂ですからね」

長次は苦笑した。

「分かりました。もし勝五郎の仕業だとしたら、手を下したのは用心棒の河村か石原でしょう」

「平八郎さん、あいつらを締め上げてやりましょう」

丈吉は意気込んだ。

「ああ。丈吉、河村は今晩、仲に出掛けたと云ったな」

「へい」

「っていう事は、まだ仲にいるな」

「そりゃあもう。じゃあ……」

丈吉は嬉しげに笑った。

「善は急げだ」

平八郎は頷いた。

「あっしもお供しましょう」

長次は笑った。

「仁吉さん、新太。どうやら良い賽《さい》の目が出そうだぜ」

丈吉は仁吉を励ました。

「ですがその時、お役人さまが分からなかったのなら……」

仁吉は不安を募らせた。

「仁吉さん、役人は役人です。素浪人には素浪人のやり方がありります」

平八郎は不敵に言い放った。


新吉原の大門は、亥《い》の刻四つ（午後十時）に閉まる。もっとも商売はその後も一刻（二時間）続けられ、客は大門脇の木戸から出入りした。

平八郎と長次は、見返り柳の陰で河村の出て来るのを待った。

亥の刻四つ半（午後十一時）が過ぎた頃、大門の傍で見張っていた丈吉が五十間道《ごじっけんみち》を駆け寄って来た。

「平八郎さん。河村の野郎、出て来ましたぜ」

「よし……」

平八郎は頷いた。

人気《ひとけ》のない五十間道を人影がやって来た。

河村伝内だった。

平八郎は、見返り柳の陰から五十間道に出て大門に向かった。

長次と丈吉は息を詰めて見守った。

平八郎と河村は、互いに近づいて擦れ違った。刹那、平八郎の刀が閃光を放った。

「丈吉」

「へい」

長次は丈吉を促して飛び出した。

不意を突かれた河村は、脇腹を鋭く峰打ちされて前のめりに膝をついた。平八郎は、続いて河村の首筋を打ち据えた。河村は微かに呻《うめ》いて気を失って倒れ掛けた。駆け寄った長次と丈吉が、左右から素早く河村の両腕を摑んで立ち上がらせた。

「べろべろに酔いやがって、しょうがない野郎だぜ。おい、しっかりしろ」

長次はこれみよがしに云い、河村を抱えたまま衣紋坂《えもんざか》から日本堤に出た。そして、日本堤を隅田川とは逆の西に向かった。

平八郎が続いた。やがて、行く手の右側に月明かりに照らされた伽藍《がらん》が見えた。死んだ遊女たちが投げ込まれた三ノ輪《みのわ》の浄閑寺《じょうかんじ》だ。

浄閑寺の墓地は、月明かりに青白く染まっていた。

河村は意識を取り戻した。だが、眼の前は暗く、手足は動かなかった。

手足を縛《しば》られ、目隠しをされている……。

河村は、縛られた身体で辺りを探った。

身体の下に土と小石があり、頬に外気が感じられた。

外だ……。

そして、鍬《すき》や鋤《くわ》で土を掘る音がしていた。

誰かが穴を掘っている……。

河村はそう思った。

「気がついたか……」

何処かで聞いた男の声がした。

「俺をどうする気だ」

河村は、目隠しの向こうにいる男の顔を見ようとした。だが、それは無駄なことだった。

「河村。一月前、日本橋の呉服屋松乃屋の吉右衛門を殺し、土左衛門に見せ掛けたのは勝五郎とお前たちだな」

平八郎は押し殺した声で訊いた。

「知らぬ……」

河村は首を横に振った。

「惚けていやがるぜ」

別の男が嘲りを滲ませた。

一人じゃあない……。

河村は焦《あせ》りを覚えた。

「河村、正直に云わなきゃあ、お前は生きたまま死ぬ事になる」

男が、笑いを含んだ声で囁いた。

「生きたまま死ぬ……」

河村は戸惑った。

「ああ、穴の中で土に埋もれてな」

生き埋めにされる……。

河村は恐怖に突き上げられた。

「河村、勝五郎とお前たちが、吉右衛門を殺した。そうだな」

男は囁いた。

「知らん……」

河村は大きくなる恐怖に堪えた。

「そんなに穴の中で死にたいのか」

「殺せ。穴に埋めるなら、さっさと止《とど》めを刺してから埋めろ」

河村は最後の抗《あらが》いを見せた。

「楽はさせぬ。勝五郎と一緒に多くの人を苦しめた罪は重い。己が死んで行くのを篤《とく》と味わうがいい……」

次の瞬間、頭と足が持ち上げられ、身体が宙を過って柔らかい土の上に投げ出されるのを感じた。

穴の中に投げ込まれた……。

「辺りは投げ込まれた女郎の恨みで一杯だ。せいぜい可愛がって貰うんだな」

投込み寺の浄閑寺の墓地……。

河村がそう思った時、身体の上に土が被せられた。

河村の身体が恐怖に跳ねた。

土は次々と投げ込まれ、河村の身体を覆《おお》い始めた。言葉はなく、土を投げ入れる息遣いだけが響いた。

生き埋めにされて死ぬ……。

河村は必死に叫ぼうとした。だが、顔の上に放り込まれた土が口に入って遮《さえぎ》った。

河村は、恐怖に激しく震えて叫んだ。

「松乃屋の吉右衛門は、俺たちが殺した」

河村は顔を覆う土に噎《む》せ、涙を零《こぼ》し、恐怖に震えた。

「金貸し勝五郎の命令だな」

「ああ。勝五郎の言い付けで、俺と石原が土左衛門に見せ掛けて殺した……」

河村は全身で荒い息を鳴らし、泥と涙で汚れた顔で自白した。

河村と石原は、勝五郎に命じられて吉右衛門の顔を水に浸《つ》けて溺死させ、大川に投げ込んで土左衛門に見せ掛けたのだ。

「睨み通りでしたね」

長次は嘲笑した。

「ええ……」

平八郎は頷いた。

暗い墓地に青白い人魂が浮かんで消えた。

茅場町大番屋の詮議場は薄暗く沈み、血の匂いが微かに漂っていた。

南町奉行所定町廻り同心・高村源吾は、詮議場に河村伝内を引き据えて厳しく取調べた。

河村伝内に抗《あらが》う力は失せていた。

「伊佐吉、金貸しの勝五郎をお縄にするぜ」

「はい」

控えていた伊佐吉が頷いた。


浅草田原町は、金龍山浅草寺と東本願寺《ひがしほんがんじ》の間にあり、人通りが絶えなかった。

平八郎は、長次や丈吉と勝五郎の店を見張った。

用心棒の石原作之助は、勝五郎の店から現れては辺りの様子を窺っていた。

「野郎、河村が帰って来ないので妙だと思っていますぜ」

長次は、石原の動きを読んだ。

「勝五郎は、すでに河村がお縄になったと気付いているかもしれませんね」

「ええ。もしそうだとするといつ逃げ出すか分かりません。丈吉、裏口に廻れ」

「合点だ」

丈吉は長次の指示に素直に頷き、勝五郎の家の裏手に走った。

「どうだい……」

伊佐吉と亀吉が、高村と一緒にやって来た。

「はい。勝五郎と用心棒の石原作之助、家にいますぜ」

長次は告げた。

「どうします」

伊佐吉は高村の判断を仰いだ。

「よし、俺と伊佐吉が表から踏み込む。平八郎さんと長次は裏に廻ってくれ」

「心得た」

平八郎と長次は、勝五郎の家の裏手に廻った。見張っていた丈吉が駆け寄って来た。

「どうかしましたかい」

「同心の旦那とうちの親分が表から踏み込む。俺たちは裏からだ」

「分かりました」

丈吉は楽しげに頷いた。

平八郎は、家の中の様子を窺った。

いきなり格子戸を蹴倒す音が響き、伊佐吉たちの怒号があがった。

「行くぞ」

平八郎が、裏木戸を蹴破って裏庭に駆け込んだ。長次と丈吉が続いた。

金貸し勝五郎は逃げ廻った。

石原は、高村と伊佐吉の前に立ちはだかり、必死に刀を振るった。

「逃げろ、逃げろ勝五郎」

勝五郎は裏口に走ろうとした。だが、台所から女中や下男の悲鳴があがった。勝五郎は咄嗟に踵《きびす》を返し、奥座敷に走った。

裏手から踏み込んできた平八郎たちが追った。

家の奥座敷では、勝五郎の女房子供が頭を抱えて身を縮めていた。

勝五郎は、家族を無視して座敷を駆け抜け、庭に逃げ出した。平八郎たちは追った。庭に逃げた勝五郎は、軒下伝いに表に廻った。

拙《まず》い……。

表の通りには大勢の通行人がおり、大騒ぎになる。

平八郎は焦った。

勝五郎は表の通りに逃げた。

行き交う人々は、髪と着物を乱した勝五郎に驚いて眉をひそめた。

「退《ど》け、退け」
勝五郎は半狂乱で怒鳴《どな》り、立ち止まった通行人たちの間を逃げようとした。
平八郎、長次、丈吉が追い、表から高村が飛び出して来た。
勝五郎の前に武家の老婆が現れた。
「退け」
勝五郎が叫んだ。
武家の老婆は立ち尽くした。
「危ない、逃げろ」
平八郎は、武家の老婆に叫んだ。
刹那、勝五郎と武家の老婆が激しく交錯した。
武家の老婆は笑った……。
平八郎にはそう見えた。
勝五郎と武家の老婆は、絡み合うように立ち尽くした。
しまった……。
平八郎、長次、丈吉、そして高村が顔色を変えて駆け寄った。
次の瞬間、勝五郎が茫然とした面持ちで腹を抱えて崩れ落ちた。

武家の老婆は笑みを浮かべ、血まみれの懐剣を握り締めていた。
平八郎は愕然とした。
武家の老婆は、勝五郎たちに斬られて死んだ御家人笹川長一郎の老母だった。
勝五郎は腹から血を流し、喉を引きつらせて絶命した。
老母は血まみれの懐剣を落とし、甲高《かんだか》い声で笑い出した。
見守っていた通行人たちが、恐ろしげに後退りをした。
「平八郎さん……」
丈吉は、畏れたように声を震わせた。
「ああ……」
老母は勝五郎を殺し、倅と嫁の仇を討った。
平八郎は言葉を失った。
老母は笑った。嬉しそうに涙を零して笑い続けた。
平八郎は、立ち尽くすしかなかった。
金貸し勝五郎は死んだ。
用心棒の河村伝内と石原作之助は、呉服屋『松乃屋』吉右衛門殺害の罪で斬首の刑に処せられた。そして、御家人笹川長一郎の老母は乱心したとして親類に預けられた。


おゆりは放免され、仁吉と新太の許に戻った。

「おっかちゃん……」

新太は、おゆりの胸に飛び込んだ。

「新太……」

おゆりは、泣きながら新太をしっかりと抱き締めた。

「おゆり……」

仁吉は泣いた。

「お前さん……」

仁吉とおゆりは、新太を間にして抱き合って泣いた。

丈吉は、貰い泣きをして鼻水をすすった。

良かった……。

平八郎には、仁吉親子の幸せだけが救いだった。

風鈴の音色は軽やかに鳴り響いた。
平八郎は、再び『ふみ屋六兵衛』の便り屋になり、江戸の町を歩さ廻っていた。
風鈴は爽やかに鳴っていた……。

蔵法師

一〇〇字書評

切・り・取・り・線

購買動機（新聞、雑誌名を記入するか、あるいは○をつけてください）

□（　　　　　　　　　）の広告を見て	
□（　　　　　　　　　）の書評を見て	
□ 知人のすすめで	□ タイトルに惹かれて
□ カバーが良かったから	□ 内容が面白そうだから
□ 好きな作家だから	□ 好きな分野の本だから

・最近、最も感銘を受けた作品名をお書き下さい

・あなたのお好きな作家名をお書き下さい

・その他、ご要望がありましたらお書き下さい

住所	〒				
氏名		職業		年齢	
Eメール	※携帯には配信できません		新刊情報等のメール配信を 希望する・しない		

この本の感想を、編集部までお寄せいただけたらありがたく存じます。今後の企画の参考にさせていただきます。Eメールでも結構です。

いただいた「一〇〇字書評」は、新聞・雑誌等に紹介させていただくことがあります。その場合はお礼として特製図書カードを差し上げます。

前ページの原稿用紙に書評をお書きの上、切り取り、左記までお送り下さい。宛先の住所は不要です。

なお、ご記入いただいたお名前、ご住所等は、書評紹介の事前了解、謝礼のお届けのためだけに利用し、そのほかの目的のために利用することはありません。

〒一〇一・八七〇一
祥伝社文庫編集長 坂口芳和
電話 〇三（三二六五）二〇八〇

祥伝社ホームページの「ブックレビュー」からも、書き込めます。
http://www.shodensha.co.jp/bookreview/

祥伝社文庫

蔵法師《くらぼうし》 素浪人家業《すろうにんかぎょう》

平成21年 4 月20日 初版第1刷発行
平成27年 6 月30日 第3刷発行

著　者　藤井邦夫《ふじいくにお》

発行者　竹内和芳

発行所　祥伝社《しょうでんしゃ》
東京都千代田区神田神保町 3-3
〒101-8701
電話　03（3265）2081（販売部）
電話　03（3265）2080（編集部）
電話　03（3265）3622（業務部）
http://www.shodensha.co.jp/

印刷所　萩原印刷
製本所　ナショナル製本
カバーフォーマットデザイン　中原達治

Printed in Japan ©2009, Kunio Fujii ISBN978-4-396-33493-2 C0193